Richard Millet

La chambre d'ivoire

récit

P.O.L
8, villa d'Alésia, Paris 14e

ISBN : 2-86744-151-X

Il arrive même que je chante dans mon sommeil et mon chant est si pur et si noble qu'il plane sur mes journées et m'empêche de déchoir.

Marcel Jouhandeau
(Algèbre des valeurs morales)

I

Le sommeil occupe une place toujours plus importante dans ma vie. J'aime l'obscurité avec la passion de ceux que terrifient les après-midi lentes et le bleu du ciel. Je prolonge mes nuits à l'excès ; passe les heures méridiennes dans des sommes ou des stupeurs provoquées, d'où me tirent souvent des cauchemars ; vis rideaux tirés. Le peu de lumière qui pénètre dans mes chambres suffit à me renseigner sur l'éclat ou le gris des jours. Cette incertitude me plaît. Je finirai par ne plus distinguer la nuit du jour.

En vérité, c'est moins dans le sommeil que je veux me plonger qu'en moi-même – en cette nuit à quoi l'on aime peu songer et que seul atteignit sans doute l'être dont je puis aujourd'hui dire qu'il fut ma véritable profondeur. J'ai trop souvent tenu pour feinte la haine ou l'indifférence des gens à mon égard, et pour manifestation d'amour-propre l'intérêt qu'ils ont pu me montrer. Je les ai méprisés avec outrance ; en ai estimé durablement quelques-uns ;

me suis cru épris de plusieurs femmes. Il m'a fallu bien des années pour considérer que c'était moi que je haïssais, qui étais indifférent ou plein d'amour-propre. L'indifférence m'est à présent, comme la solitude, une délectation muette. Je ne cesse d'en mesurer les conséquences. Elle ne justifie nullement le besoin de confesser certains épisodes de ma vie : la hâte qui me pousse à cela n'est que manière de rester au plus bas du murmure, au plus près du secret, au plus vif de cette nostalgie qui seule me sépare encore de moi-même. C'est enfin le dernier temps que je dérobe au sommeil.

II

Je suis né dans une ville du Midi où la brique est violette, les édifices sévères, les trottoirs recouverts de petits galets tirés du fleuve. Au fond, c'est une ville que je connais peu et dans laquelle je ne cesserai pas d'être l'enfant qu'effrayaient la lumière crue, les vieillards grimaçants, les larges allées bordées de platanes, étouffantes l'été, balayées en hiver d'un vent glacé qui me tirait des larmes. Au fleuve qui traverse la ville, je continue de préférer l'eau verte et immobile du canal qui semble ne venir d'aucun lieu, ni ne mener nulle part.

Je n'aurai guère quitté notre demeure, enfouie dans un parc sombre et mal entretenu, au cœur d'un quartier retiré. S'il me fallait évoquer mes piètres jeux d'enfance, je ne livrerais guère que ceux du soleil sur mon visage ou celui d'Antoine, mon frère : n'étions-nous pas capables de passer des heures à marcher lentement, les yeux clos, cherchant sous les frondaisons calmes des trous de lumière où nous

nous figions ? Nous jouissions de notre immobilité, comme d'autres abandonnent leur figure à une pluie d'orage ou au regard d'une femme. J'aimais aussi, en toute saison, marcher pieds nus sur les dallages froids des pièces d'en bas, tandis que la lumière, traversant les parties en vitrail des fenêtres, déposait sur mes mains et mes pieds des taches mortuaires. Je ne m'ennuyais pas – ou bien l'ennui, dès cette époque, m'était-il devenu si familier que j'ai appris à accueillir comme fâcheux tout ce qui vient rompre la monotonie raisonnée de mon existence.

III

J'appartiens à une famille calviniste, autrefois riche et unie, quoique prompte à la brouille ou à la dispersion. Mon père travaillait le plus souvent en Asie, dont il ne parlait guère, sinon pour dire le dégoût que lui inspiraient ces climats humides ; et son admiration pour le silence de ces peuples lointains ne l'empêchait pas de radoter un peu. Ma mère s'accommodait sans peine de ses absences, régnant sur la maison avec douceur et fermeté. Elle chantait de très vieux psaumes ; la servante lui faisait répons – et ce contrepoint naïf, limpide, rigoureux, m'immobilisait n'importe où, replié sur moi-même dans une attitude de prière. Quant à mon frère, de trois ans mon aîné, il exerçait sur moi un ascendant absolu, et singulier en ceci qu'il n'en abusait jamais, paraissait même me craindre, et que je n'en étais ni jaloux ni révolté. Nous savions cet état de fait et nous en marquions l'un à l'autre de la reconnaissance – y trouvant une sorte de bonheur, à tout le moins de paix. Nous étions discrets, voire secrets, en même temps qu'intransigeants, arrogants, excessifs ; nous riions ou nous taisions longuement ; nos colères étaient rares et vives, et nos moments de recueillement profonds.

De la liberté que nous laissaient nos parents, de leur confiance en nous, nous n'abusâmes pas. Nous ne franchissions guère les murs du parc que pour le collège ou le temple. Nos condisciples ne voyaient nulle hauteur dans notre goût du silence : celui-ci valait d'ailleurs à mon frère une aura qui me laissait dans l'ombre et l'insouciance. Qu'on s'en vengeât parfois sur moi m'était indifférent ; il me plaisait même d'être amené – comme par préméditation ou complaisance – à souffrir pour Antoine ; notre ressemblance et notre beauté m'en paraissaient accrues : beauté ni mièvre ni rude, magnifiée par notre ressemblance – ou encore archangélique, à cause de longues boucles châtain dont ce n'était pas alors la mode de les porter telles ; une beauté froide, aussi, avec quelque chose de désespéré, comme figée dans le mouvement qui l'eût portée vers sa féminité. Cette froideur lui ôtait toute ambiguïté mais non son trouble, lui donnant par contrecoup un surcroît de fermeté qui faisait régner Antoine sur les filles du collège, plus tard se précipiter dans les hôtels de passe, ou bien se satisfaire seul dans le parc, non pour se délivrer mais comme s'il eût offert (ainsi que le donnait à croire sa position agenouillée d'orant en extase, près du bassin aux nénuphars) sa semence à des divinités inconnues ou, mieux, à l'absence terrible de divinité et, pensais-je, à la haine de l'engendrement, de la perpétuation.

Il savait que je l'épiais, encore qu'il n'aimât pas montrer son visage défait, dont la nudité était plus grande que celle de son membre dressé. Peut-être souhaitait-il ne pas rester seul, dans ces moments. La seule fois où il m'appela, ce fut probablement par détresse ou dans un redoublement d'orgueil. Je m'agenouillai devant lui, plaçai mes mains en conque près de sa verge pour y recevoir la semence qu'il se soutira dans un silence parfait. Nos regards ne se croisaient pas ; nous ne regardions rien. Je portai mes mains à mes lèvres, goûtai à ce liquide fade. Je ne sais pourquoi je m'en barbouillai la figure, me mis à rire, puis m'allongeai près de l'eau glauque, dans laquelle je me lavai et laissai longuement baigner mes bras.

Je n'ai jamais, en rien, cherché à imiter Antoine. L'imitation ni la répétition n'avaient cours entre nous. Une même étincelle était au creux de nos reins ; mais je sus très vite n'être pas son égal, et ne devais que bien des années plus tard découvrir le plaisir solitaire — à quoi je m'adonne encore rituellement. Il se peut que j'aie, dans ces années-là, désiré mon frère plus qu'aucune des filles dont je m'amourachais : j'emploie ce mot à dessein : il est aussi ridicule que mon air et mon attitude d'adolescent. Sur un regard d'Antoine, j'abandonnais d'emblée la jeune fille courtisée. Sans doute mon frère m'épargna-t-il les niaiseries de l'amour. Cet être, impérial dans la cour de récréation, dans les allées, au bord du canal, savait se montrer des plus familiers, des plus tendres ; il lui arrivait, quand il était la proie d'une joie sourde, de se glisser dans mon lit, de me serrer très fort en me mordant l'épaule, ou de me laisser, l'un contre l'autre en chien de fusil, presser mon membre dru entre ses fesses. J'en pleurais silencieusement, de bonheur ou de dépit, ou d'incertitude. Antoine se mettait alors à parler, de tout et de rien. Nous nous endormions harassés.

IV

Nous eûmes une sœur. J'avais atteint déjà ma douzième année. D'emblée je la détestai, et crus cette haine partagée par mon frère. Il est vrai que l'enfant semblait accueillie par nous tous dans l'hébétude. J'outrepassai mon rôle ; je proférais, sans me cacher, des malédictions et me livrais, au fond du parc, à de puériles cérémonies funéraires. Antoine me surprit. Il souriait comme s'il eût été seul. Je fermai les yeux, m'attendant à recevoir de lui la première gifle qu'il me donnerait ; depuis la naissance de Léa, je ne désirais peut-être rien d'autre. Il me caressa la joue ; je l'entendis murmurer que ce n'était pas elle, Léa, qui nous séparerait : n'étions-nous pas déjà, et depuis toujours, séparés — et cette séparation n'était-elle pas ce qui nous portait éternellement l'un vers l'autre ? Ces paroles, je ne les compris pas, ou ne voulus pas les comprendre. Il ajouta, sur un ton plus léger, qu'il n'y avait rien à redouter de Léa : elle ne ressemblait à aucun d'entre nous...

Antoine souriait à présent d'une façon qui lui tordait cruellement la bouche. Pour la première fois, je fus sur le point de le trouver laid ; mais cette laideur, son sourire la justifiait, me faisait partager une singulière certitude : Léa mourut quelques mois plus tard. Je jubilai à part moi. D'elle il ne fut plus jamais question. Nul, sauf ma mère, ne parut affligé. Dans la chambre mortuaire, un pasteur ennuyeux prononça des paroles que je n'écoutai pas ; je ne regardai pas davantage, dans sa bière, la petite morte sur qui on me força de m'incliner. Je ne parvenais toujours pas à concevoir qu'elle fût notre sœur ; et les larmes silencieuses de ma mère m'indignaient. Antoine se pencha sur la morte et lui baisa les lèvres : ce geste, l'odeur tiède de la pièce et celle, douceâtre et fade, des fleurs et du corps, me soulevèrent le cœur. Antoine sortit derrière moi. Il glissa son bras sous le mien, m'arrêta, me fit asseoir, dans la pénombre, sur une marche de l'escalier. Il me parla de la douceur, de l'extrême douceur des lèvres de Léa, qu'il avait même effleurées de la langue, non sans effroi, comme pour y trouver il ne savait quelle humidité. A cet instant, nous étions si près l'un de l'autre qu'Antoine inclina la tête vers la mienne et, plusieurs fois, effleura ma bouche de ses lèvres en murmurant : « Ne la sens-tu pas ? Ne la sens-tu pas ? » Il riait doucement, un peu comme on se retient de pleurer. Je posai mes doigts sur ses lèvres et me mis à sangloter.

V

La mort de Léa nous rendait à nous-mêmes. Elle semblait n'avoir laissé nulle trace de douleur sur le visage maternel qui continuait de rayonner, de se tourner vers nous avec une discrète mais entière bonté, dans laquelle je croyais parfois discerner aussi de la mansuétude ; seul le regard, de temps à autre, se durcissait, se perdait dans le lointain. La demeure était de nouveau sombre, fraîche, paisible. Les absences du père se firent plus nombreuses et longues. Nous nous habituions à l'obscurité, la recherchions même, sans qu'il nous en coûtât, et vivions déjà, en plein jour, en êtres de la nuit. Nous trouvions là un aplomb, une sorte de sérénité douloureuse qui inquiétait ou attirait la plupart de nos condisciples. Si nous ne leur parlions guère, au lycée, nous les tolérions dans les salles de cinéma, que nous fréquentions assidûment. Antoine, qui abhorrait le bruit, ne sortait de son silence qu'à la fin de la séance, et acceptait qu'on cheminât à nos côtés jusqu'à la grille du parc. Comme les autres, je ne m'adressais pourtant à lui qu'avec des questions brèves, inquiètes, auxquelles il répondait par saccades, sans hauteur, d'une voix un peu monocorde, à la façon d'un être qui est seul et se parle à lui-même.

Etions-nous vraiment au monde ? Inlassables rêveurs, nous vivions selon des rituels aussi profanes que sacrés, clairs ou mystérieux — livrés à nous-mêmes et néanmoins en liberté sévèrement surveillée, abolissant les années qui nous séparaient par une ressemblance de jour en jour plus étonnante. Cette conformité de visages et de gestes n'empêchait pas, de part et d'autre, une grande réserve. Mais nous pouvions nous tenir, de lit à lit, des propos qui parfois nous gardaient éveillés jusqu'à l'aube. Antoine me parlait beaucoup des îles. Il possédait une bibliothèque qui leur était consacrée, composée d'ouvrages géographiques, historiques et romanesques. Je n'eus pas besoin de les lire : la voix de mon frère, basse et lente, au fond du parc ou dans notre chambre, m'en révélait le contenu ; et très jeune, je connus Erromango et Yeu, Gozo et Tromelin, les Lofoten et Miquelon et jusqu'à cette île de France qui est près des côtes du Groenland. La passion de mon frère allait aux seules petites îles, dans lesquelles il n'est pas possible d'échapper à soi, qui donnent en même temps la mesure de l'homme et, l'apaisant de la sorte, lui montrent son inanité.

VI

Mon enfance n'a guère d'intérêt que pour moi, qui y retourne, en pensée ou en songe, pour des heures ou des jours entiers de lenteur, au cours desquels il me semble que je m'approche de l'immobilité. A quoi bon dévoiler ces rêveries, ces méditations où l'obscur roule sur lui-même dans la quête opiniâtre, mélancolique, d'une lumière se levant sur des espaces qui ne sont pas de ce monde ?

J'en viens donc aux seuls épisodes qui, décisifs, m'aient vraiment rapproché d'autrui et m'aient fait connaître, entre l'abjection et de fugitives extases, les extrêmes d'une existence vouée à une unique passion. Ces extrêmes, j'ai tenté de les joindre, de dessiner entre eux ce fil d'or dont les astronomes ont tissé les constellations. Il est plus probable que j'aurai tissé ici une constellation qui ne m'apparaîtra tout entière qu'à l'instant où je quitterai l'état de mortel : nos yeux ne sont guère capables de contempler plus d'un astre. D'elle, les songes m'ont néanmoins donné une vision certaine, quoique incomplète ; sans doute ne suis-je encore qu'un peu profond dormeur.

VII

Antoine nous quitta pour aller à Paris entreprendre des études de droit. Il ne m'en avisa que le matin de son départ. Je n'en fus pas affecté : je ne le perdais pas. Le temps ni l'espace n'entraient dans ce qui nous unissait, pensais-je, pour parler comme le reste des hommes. Notre existence n'avait pas besoin de justification, ni de preuves un lien sur la nature duquel nous ne nous interrogions jamais. Notre royauté était de ce monde, et une ressemblance quasi gémellaire notre seule gloire : cela nous suffisait, même s'il nous restait à éprouver ce qu'on appelle souffrance, passion, amour, solitude et qu'on résume ordinairement par le mot de *vie*.

Mon frère riait sourdement et, trouvais-je, un peu bêtement. Je le regardai s'en aller, du haut de la cage où tournoyait l'escalier de pierre. Lorsqu'il se fut engagé dans l'allée centrale du parc et qu'il eut atteint la grille, j'étais descendu sur le perron ; Antoine se retourna, laissant passer notre mère ; je crus qu'il se retournerait complètement ; il cracha dans l'une des deux vasques ornant l'entrée, selon un rite appartenant à notre enfance – à ceci près qu'il cracha dans la vasque de droite, celle où je crachais chaque fois que je franchissais la grille. J'eus à mon tour un rire étrange qui fit croire à notre vieille servante que je pleurais ; elle posa sur mon bras nu sa main noueuse et douce ; nous regardâmes : c'était peut-être la première fois que nos yeux se rencontraient et ne se baissaient pas. J'eus soudain envie de frapper cette vieille bouche ; je me contentai de grimacer. Ce fut aussi la première fois que je me sentis non plus objet d'admiration ou de haine, mais celui d'un sentiment que je crois n'avoir jamais éprouvé, pas même à mon endroit : la pitié.

VIII

Il est des haines justifiées, ou mesquines, ou sans fin. De celle que je pouvais inspirer, je jubilais : sa qualité tenait à son origine obscure, voire à son absence de motif. J'étais simplement haïssable, comme d'autres aimables ou séduisants. J'aimais être élu par cette haine d'une si discrète ferveur, quasi religieuse, qui me renvoyait à ma royauté — une royauté qu'après le départ de mon frère les murmures lycéens ou familiaux, surpris çà et là, prétendaient usurpée, ou sans comparaison possible avec celle d'Antoine, mais dont je ne doutais pas, même si je tenais à ne pas la porter si haut que lui, et que j'en fisse parfois un usage contraire, destructeur, repoussant par exemple des jeunes filles qui s'offraient à moi avec l'ardeur presque désespérée propre à leur sexe et à leur âge. Je détestais me sentir aimé, n'avais pas d'amis, n'en éprouvais pas le besoin — et faisais en sorte, s'il m'arrivait de tomber amoureux, de tourner mon amour en dégoût, et de perdre au plus vite qui m'aimait, quitte à éprouver quelques douleurs nocturnes au cours de quelques nuits blanches, mais toujours certain de me retrouver ivre d'être haï. Jamais je n'ai admis que la haine soit l'envers de l'amour. L'amour, d'ailleurs, n'existe pas, n'est qu'un égarement plus ou moins bref, une sorte d'affection qui sent sa maladie, comme la peur de mourir sa faiblesse. Je n'admettais que la haine, pure, aiguisée, tranchante, telle ces poignards rapportés d'Asie par mon père et qui brillaient aux murs du corridor. La haine n'exige enfin nulle contrepartie ; elle m'apparaissait, dès l'adolescence, comme l'extrême et la pure abstraction des passions humaines.

IX

Certains soutenaient que je n'étais qu'un pâle reflet de mon frère – sinon sa créature. Il n'en est rien. Nous ne rivalisions pas ; et s'il eut sur moi de l'influence, j'en avais aussi sur lui, quoique de façon plus secrète, voire douloureuse. Etres nocturnes, nous fûmes séparés au moment où il nous fallait affronter le grand jour. Dès lors, chacun de mes actes fut dédié à mon frère, même s'il n'en sut rien ; et tout me porte à croire qu'il me vouait la plupart des siens : ne me révéla-t-il pas qu'il me dédiait le sperme qu'il libérait dans le ventre des femmes, et que nul plaisir n'était capable de le délivrer de lui-même ? Toujours lui apparaissait alors mon visage, lointain, incliné, comme en ce jour où j'avais recueilli sa semence.

Nous fûmes plusieurs années sans nous revoir, sauf pour de brèves et taciturnes retrouvailles d'été, au cours desquelles je constatais qu'il ne changeait pas, que rien n'était venu altérer notre ressemblance. Nous contemplions les mêmes étoiles, lui dans les rues de cités étrangères, ivre d'alcool et d'une détresse qui le poussait à s'exténuer, à se perdre et à rire plutôt que de s'apitoyer – et moi, errant dans le parc ou allongé sur la loggia attenant à ma chambre. Nous avions souvent les mêmes gestes – remarquait ma mère –, inattendus, incompréhensibles, saugrenus aux yeux de tous : ils appartenaient à un rituel secret dont la révélation nous était promise. Il m'arrivait de penser que notre existence dépendait de cette promesse : certitude qui allait faire de notre vie un mélange de patience et d'excès, d'urgence et de songe. Que nous dussions mourir sans connaître ce secret était si improbable que nous pouvions penser à la mort sans effroi, comme si nous pressentions que mort et révélation seraient indissociables.

X

En vérité, nous différions sur bien des points. Pas plus que sa passion des îles, des voyages, de l'Art, je ne partageais celle des femmes. Non que je n'eusse de goût pour celles-ci ; sans doute étais-je plus solitaire et moins arrogant que mon frère, et ne faisions-nous pas le même usage de la haine. Je me lassais vite des interminables travaux d'approche, des baisers qui ne l'étaient pas moins, et de l'humidité tiède des femmes. Je préférais les actes brefs, solitaires, silencieux, à tous ces râles qui ressemblent tant aux plus dégradantes agonies. Rien ne m'était plus doux que de répandre mon sperme dans le bassin aux nénuphars ou, sitôt que m'en prenait le désir, dans des lieux plus sordides.

Je me refusais aux femmes. J'avais pourtant une réputation à soutenir. Des camarades voulurent célébrer mon seizième anniversaire en m'offrant une passe avec une putain. Longtemps nous déambulâmes dans des rues malodorantes. Il pleuvait. J'avais la bouche sèche. J'étais las. Je finis par élire une prostituée assez menue, aux cheveux bruns, au teint très blanc — avec qui mes camarades s'entendirent. Je la suivis dans des couloirs obscurs. Il nous fallut attendre près d'une porte close derrière laquelle on entendait grincer un lit — ce qui fit rire la fille. Je voulus la caresser : elle se déroba. Soudain, j'en eus assez et la suppliai de me laisser partir. Elle se plaça dans le couloir de manière à m'interdire toute retraite ; je compris que mes camarades ne l'avaient payée qu'à moitié. Je tombai à genoux ; elle s'accroupit avec colère, se radoucit, puis tira de son corsage un sein qu'elle approcha de mes lèvres, en prononçant avec un détestable accent du Gers des mots destinés à m'exciter mais qui n'eurent pour effet que de me donner la force de me relever et de m'enfuir en battant les murs, poursuivi par le rire énorme de la fille.

Ma virginité, je la perdis la même année, d'une façon tellement singulière que j'y vois aujourd'hui le signe de la volonté fraternelle, sourde et souveraine. Notre goût des salles obscures n'avait pas décrû, et il arrivait à Antoine de m'envoyer des billets pour m'enjoindre d'aller voir un film qu'il avait aimé. Le cinéma du Japon l'attirait particulièrement — moins parce qu'il était l'œuvre d'insulaires que parce que l'érotisme de ce pays le comblait : il se disait bouleversé par ces visages qui ne s'altéraient pas, ou si peu, dans le plaisir ou la douleur, que c'était alors non l'âme qui se devinait dans la béance des yeux et des bouches, mais le vide intérieur, cette ombre, cette nuit qui nous habitent et à quoi les hommes ont d'ordinaire tant de peine à s'accoutumer.

J'allai voir *l'Empire des sens* dans une salle quasi déserte. J'ai la faculté de m'isoler d'emblée, de ne plus prêter attention à la vie bruissante de l'obscurité. La jeune femme qui vint s'asseoir non loin de moi avait néanmoins un parfum si entêtant que je me tournai plusieurs fois vers elle : j'entrevoyais, sous une chevelure blonde, touffue et bouclée, un profil mince, assez régulier, quoique un peu dur. Quelques instants plus tard, elle s'assit tout près de moi, et si discrètement que je ne vis là que le geste d'une personne qui change de place afin d'y voir mieux. Jamais, d'ailleurs, je ne la sentis qui me regardait. J'étais soudain heureux de n'être plus seul au milieu de la salle. Etait-ce dû à la présence acceptée d'une femme, à l'impression profonde que produisaient sur moi les images, ou bien au fait que je finissais par complaisamment confondre l'héroïne du film et l'inconnue dont je frôlai à plusieurs reprises la main, attendant sans y penser vraiment un geste d'abandon, qui ne vint pas ? Elle eut soudain des gestes plus audacieux que le baiser auquel je rêvassais : des gestes d'une audace qui pouvait dissimuler une grande timidité et à quoi je m'abandonnai, sans rien faire pour l'encourager. Je voulus regarder son visage ; elle me le déroba encore, l'enfouissant dans mes cheveux, puis le faisant glisser sur mon cou et ma poitrine. Bouleversé autant qu'agacé, je serrai cette nuque, violemment, et la fis ployer jusqu'à mes genoux. La jeune femme ne bougeait plus. Je sentais que toute cruauté m'était permise, sinon offerte — et je m'imaginais des dispositions meurtrières, ou, comme eût dit Antoine, sacrificielles. Or, mes plus secrets désirs furent soudain exaucés : des mains très douces libérèrent promptement un membre que les images du film avaient, il est vrai, déjà mis à rude épreuve, et une bouche d'une enfantine fraîcheur s'en empara. Je m'y délivrai avec étonnement, effroi, reconnaissance. Je pleurai, fermai les yeux, et ne les rouvris qu'au moment où je sentis les lèvres de l'inconnue se poser sur les miennes. Je n'eus que le temps de voir, avant qu'il ne s'enfuie, le visage au sourire amusé, ou désespéré, d'un très jeune garçon.

XI

Epuisé par ses travaux d'Asie, mon père regagna notre demeure pour n'en plus bouger, s'enfermant dans un silence que paraissait creuser chacun de ses gestes. Sa sévérité lui tenait lieu de simplicité, comme à ma mère sa douceur, à mon frère son orgueil, à moi ma haine. Quoique jeunes encore, on eût dit que mes parents n'attendaient plus que la mort – encore qu'il leur arrivât souvent de rire, et moi avec eux ; mais ces rires avaient ceci d'étrange qu'on les sentait suscités par des causes diverses, sinon contraires, et qu'au lieu de nous rassembler autour d'une même flamme dans le grand salon, ténébreux en toute saison, ils nous renvoyaient à nous-mêmes, nous faisaient nous replier sur nous comme autant de frêles flammes protégées par des mains pieuses et solitaires.

J'eus les révoltes de mon âge, brèves, violentes, vaines. Qu'elles aient correspondu au temps où mon frère délaissa ses études pour se consacrer à la peinture n'est certes pas un hasard – même si je ne l'appris que plus tard, lorsqu'à mon tour je fus retourné à l'immobilité statuaire du parc et au silence de ma chambre. Je n'allais plus au temple. J'observais, quant à la religion, une indifférence prudente. J'aimais dans le catholicisme ces cierges qu'on brûle devant les autels et les statues de saints. Je recherchais les églises pour leur pénombre, au sein de laquelle je me recueillais mieux que dans la lumière nue des temples. Il m'était alors aisé, face à ces flammes étroites, de ne songer à rien, de m'abîmer dans la douceur de leur lente consomption, d'oublier des tourments que je ne savais apaiser que par des marches forcenées le long du canal, dans des ruelles sombres, dans des faubourgs déserts. Ces tourments, ces inquiétudes, les jeunes filles qui s'offraient à moi auraient aussi bien pu les adoucir ; mais c'eût été rompre l'équilibre que je m'efforçais d'instaurer en faisant de ma vie le rigoureux contrepoint de celle d'Antoine : qu'ensemble nous fussions au monde impliquait la modulation commune d'un chant dont les deux voix cherchaient à se répondre – recherche qui déjà était chant, mais un chant trop fruste et inquiet pour accéder à la souveraineté d'une fugue à deux voix. Et, dans cet ordre de sonorités opposées, je restais volontiers sauvage et inculte, tandis que grandissait la notoriété artistique d'Antoine, obscur et révolté là où il savait rayonner et rassembler autour de lui d'excellents esprits, et d'une chasteté éprouvée parfois jusqu'au vertige quand il volait de femme en femme.

Il fallut qu'une jeune fille, fréquentée par désarroi et désespérée de mon indifférence, me soufflât, comme la seule chose qu'elle pût encore me donner, que j'étais poète, que je devais consacrer mes forces à mon chant intérieur, dussé-je ne jamais écrire un vers, mais chanter ma vie, l'ordonner sur les modulations d'un chant sacré que mon travail consistait à découvrir...

Me refuser était alors ma seule transparence, ma plus pure manière d'être au monde. Je dois beaucoup à ces jeunes filles qui, contrairement à la plupart des hommes, savent s'abandonner jusqu'à se perdre, ou bien se résigner en souriant. Quel que fût leur dépit, elles comprenaient mon désir de chasteté, ne le tournaient jamais en ridicule. Ma beauté attirait aussi bien les hommes ; je n'avais pas de goût pour eux ; mon visage avait déjà, comme celui d'Antoine, je ne sais quoi de lointain, de menacé, de grave, qui intimait le silence.

XII

Antoine tomba malade. Ma mère alla passer tout un été à son chevet. Je ne quittai pas mon père, dont la santé restait fragile. Il était inconcevable que je n'aie pas ressenti dans mon corps le mal dont souffrait Antoine – se manifestât-il sous des formes inattendues, ou occultes. J'étais désemparé : l'idée d'un jeûne s'imposa, m'illumina, me rendit quelque paix. Mon père et moi demeurâmes des jours entiers, silencieux et immobiles dans les chaises longues de la véranda, comme si de notre silence et de notre immobilité dépendaient la guérison d'Antoine et la sienne. Nous regardions le ciel jusqu'à l'heure où les colombes regagnaient les hauts édifices de brique qui, de chaque côté de l'allée principale, s'élevaient telles deux tours funéraires de l'Inde et qui, par-delà les frondaisons épaisses, recueillaient, violacées, les dernières lueurs du jour. Ces piaillements, tout comme l'égouttement de l'eau après un orage, ou le bruissement des feuillages, nous tenaient lieu de paroles — à tel point que nul d'entre nous ne s'apercevait vraiment que l'autre avait parlé.

La nuit, près d'un cierge volé dans une église, et dont la lueur me tenait longtemps éveillé, j'attendais le sommeil d'où me tiraient, dans la matinée déjà avancée, non pas l'éclat du jour mais des songes heureux — ou que j'étais heureux d'avoir à poursuivre dans l'état de veille. Antoine, le plus souvent, m'y apparaissait, les yeux clos, la tête légèrement penchée en avant, les lèvres boudeuses, d'une maigreur qui donnait à sa nudité une grâce presque enfantine, surtout quand il se retournait vers mes parents, également nus, gracieux et pitoyables, qui marchaient derrière lui en tenant par la main la petite Léa, dans la gloire lente d'un crépuscule.

Antoine ne guérissait pas. Mon jeûne et mon immobilité étaient inutiles ; c'était dans la lumière du plein midi qu'il me fallait aller. Je pris, sans avertir personne — comme si je devais n'en pas revenir —, la route qui menait vers Moissac, vers l'église dont mon frère aimait tant le portail. Je marchai en une hâte fébrile, sans lever la tête, sous un soleil de craie, ne m'arrêtant qu'une fois la nuit tombée, buvant à des fontaines publiques, dans des bistrots d'où ma mine mauvaise me faisait souvent chasser, dormant près de la Garonne, dans un fossé, dans un verger. Je n'atteignis pas Moissac ; je m'effondrai bien avant, devant le porche d'une église de village que je n'eus pas la force de franchir. Je suppliai une vieille femme, venue se pencher sur moi, d'aller allumer dans l'église autant de cierges que le lui permettrait l'argent que j'éparpillai à ses pieds. On me crut délirant ; tout portait à le croire : je déplorais mon échec, jugeais mon frère perdu, parlais de mourir. Tout le village piaillait autour de moi. Je voulus crier : une sorte de hululement grotesque s'échappa de mes lèvres brûlées. Au moment où l'on m'emportait, la vieille femme s'approcha, glissa mon argent dans ma poche et murmura qu'un seul cierge suffirait. La douceur de son regard était telle que je sus n'avoir par marché en vain.

XIII

C'est pendant notre commune convalescence qu'Antoine fit mon portrait. Je n'avais jamais rien vu de lui. De son travail, dans ses brèves missives, il ne disait presque rien, et je ne cherchais pas à en savoir davantage. Connaissant ses goûts, ou croyant les connaître, je m'étais fait de son art une idée présomptueuse, le situant dans la lignée de Balthus, de Philippe de Champaigne ou de Mantegna, alors qu'il consistait avant tout (comme le suggérèrent certaines confidences) non à produire une œuvre mais à rechercher, grâce à un exercice austère, une solitude sociale, une vérité sur soi, un point où plus rien ne l'atteignît que la réminiscence ou, mieux, la fruition permanente de notre consanguinité, de notre ressemblance : consanguinité que rien ni personne, croyais-je, ne pourrait altérer — principe de vie d'où découlerait une paix incomparable : l'insouciance, la légèreté, l'absence de rivalité, une totale et mutuelle confiance nous laissaient libres, même si nous n'ignorions pas que nos actes se rapportaient à une règle jamais édictée, assurément mystérieuse mais qui, l'acte accompli, prenait une clarté stellaire au plus nocturne de nous.

Mon portrait, au crayon rehaussé d'encre de Chine, me représente de trois-quarts, la tête un peu renversée vers l'arrière (cherchant, disait Antoine, à se défaire de tout le poids du jour sur une épaule invisible), les yeux distraitement posés sur quelque point de l'horizon — sans doute le faîte d'un arbre, ou l'un des colombiers ; mon sourire est plutôt crispé : je l'attribue à la faiblesse du corps davantage qu'à de la gêne. Mon frère n'a pas voulu surprendre là ce qu'il y a d'obscène et de veule dans un visage qui s'abandonne. Je ne m'y trouve ni plus beau ni moins détestable que lorsque je me regarde dans la glace ; du moins ai-je l'impression qu'Antoine s'y est également montré en donateur et que, d'une manière indéfinissable et troublante, il a capté mieux qu'une évidente ressemblance : il m'a donné quelques-uns de ses plus secrets traits ; ou, si l'on préfère, il a saisi, dans l'exquise imprécision d'une différence, cela même que l'âge effacerait peu à peu, au point que je puis aujourd'hui considérer ce portrait autant comme son autoportrait que comme une dédicace à notre ressemblance.

XIV

La solitude de mon frère – ou ce que je me plaisais à appeler son esseulement – m'était, pensais-je, favorable : j'y trouvais je ne sais quelle justification de ma propre solitude et de mon incapacité à en sortir ; en outre, à sa passion (j'emploie ce mot faute de mieux) pour la peinture, venait correspondre mon goût naissant de la littérature. A dix-sept ans, bouleversé par la lecture d'Apollinaire, je ne songeais plus qu'à vivre pour écrire, et me laissais aller aux innombrables excès suscités par des engouements que la nécessité n'a pas encore trempés : alors que je croyais mettre en jeu ma vie pour la poésie, je ne faisais qu'exacerber les ultimes flamboiements et niaiseries de l'adolescence.

Mes parents ne me parlaient pas de littérature ; de même, ils gardaient à propos de mon frère un silence que je veux croire bienveillant, ou indifférent. Ils ne nous reprochèrent jamais nos décisions, et respectèrent notre silence – persuadés que nous étions en âge de mesurer et d'expier les conséquences de nos actes. Il est vrai que nos parents, tous deux bons musiciens, plaçant leur art bien au-dessus de tous les autres, quoique sans ostentation ni mépris, trouvaient dans leur retraite et la pratique de la musique de chambre l'occasion d'un rapprochement inattendu, exclusif. Le silence de la vieille demeure parut s'amplifier, l'obscurité s'approfondir, les visages se creuser, la naturelle indifférence entre des parents et leur progéniture trouver sa justification.

Je n'avais plus ma place entre ces murs. On n'eut pas besoin de me le signifier : j'irais — et l'annonçai de moi-même — à Paris poursuivre des études de Lettres. Non que mes parents m'eussent chassé ; ils considéraient simplement qu'à chaque âge correspond une attitude particulière, et que j'avais atteint celui où il était bon de m'exposer aux turpitudes du monde. Mes parents avaient beaucoup vieilli ; mon départ les rendait à eux-mêmes — c'est-à-dire au paradoxe d'une jouvence née du progressif ralentissement de leur vieillissement, et à cette lenteur heureuse, proche de l'immobilité, où le seul temps qui comptât devenait celui, incommensurable, de la musique.

XV

J'ai d'emblée détesté Paris, ville trop grise, bruyante, sombre, que je ne parvenais pas à dépouiller de l'ombre dont les romans balzaciens l'avaient peuplée dans mon imagination de provincial. La misère physique que j'y découvrais, côtoyant les élégances les plus arrogantes, me déconcertait. Mes déconvenues furent nombreuses. En Sorbonne, je ne trouvai que des professeurs médiocres, à la bouche lasse, ou qui semblaient s'adresser directement au Ciel. Je connus les prémices de l'ennui. Je ne m'en montrai pas moins assidu dans ces amphithéâtres glauques. Je fréquentais aussi les cafés à la mode. Parler avec mon accent du Midi des écrivains et des philosophes que je lisais et qui constituaient ce qu'on nommait alors *l'avant-garde* paraissait une incongruité majeure ; on eût même dit que le ridicule attaché par les autres à cet accent transpirait dans la poésie que j'écrivais et que je montrais sans vergogne.

Seule ma position de frère cadet d'un peintre notoire – encore qu'on ne nous vît que rarement ensemble, Antoine et moi – empêchait que je fusse rejeté de ces groupes bavards et dogmatiques. On en riait cependant sous cape. Je réappris à me taire, à faire du silence une vertu qui donnait à mes piètres écrits un semblant de nécessité : silence dont je jouais et d'où se détachaient mon visage et ma beauté de jeune mort, aux cheveux longs et bruns, au teint blême, au regard brouillé par le soleil d'étranges arrière-pays. Cette beauté en imposa, là aussi, aux femmes et aux hommes. Je retrouvai mon aplomb, et cette arrogance quasi désespérée, excessive, qui me faisait dire tout haut le peu de bien que je pensais de mes semblables.

XVI

Mon cynisme me permettait de dissimuler bien des ignorances et une gêne née de la proximité nouvelle d'Antoine. Cynique, je l'étais sans mépris, de même que j'étais silencieux sans hauteur, indifférent sans haine ; celle-ci trouva néanmoins à s'exercer après que j'appris, par ma mère, qu'Antoine s'était marié. La rumeur le disait en ménage depuis longtemps avec une Roumaine dont l'intelligence et la langueur préraphaélite étaient célèbres ; j'avais rêvé sur cette silhouette plusieurs fois aperçue de loin et sur ce prénom d'Irina – qui me la faisait trouver tantôt belle, tantôt agaçante. Pourtant, lorsqu'il me fut donné de la voir à côté de ce frère que je ne rencontrais plus que le dimanche après-midi, seul à seul, dans de sinistres cafés de banlieue, je m'étonnai de ne pas la détester. Irina était belle et agaçante, prête à vivre dans l'ombre d'Antoine avec ce qu'il fallait de mélancolie et de bohème pour ne pas ressembler à une trop commune épousée.

Ils me reçurent dans leur atelier du 11e arrondissement. Je n'avais d'yeux que pour Antoine, dont l'air faussement dégagé m'exaspéra. Nous parlâmes peu, malgré les efforts d'Irina, qui s'exprimait d'une voix profonde, dans un français un peu lent mais sans accent. Du coin d'atelier où nous dînions, je distinguais, dans la pénombre, de grandes toiles accrochées aux murs ; la plupart semblaient recouvertes de grands draps blanchâtres. Je demandai pourquoi. Antoine eut un rire sec, se leva, fit de la lumière : je compris que j'avais sous les yeux ce qui, de sa production, était exemplaire : il donnait furieusement, désespérément même, dans la peinture la plus abstraite, à la manière de Pollock. Je ne trouvai rien à dire. Nous aurions été seuls, je me serais peut-être levé et aurais contemplé cette peinture funèbre (car l'art de mon frère ne pouvait m'être totalement étranger — fût-il le fruit de la plus misérable imposture). Mais j'étais incapable de bouger, de répondre à Irina qui me disait : « C'est beau, non ? » Sans doute sentais-je là l'influence de la jeune femme, dont les théories sur la peinture, régulièrement publiées par des revues d'avant-garde, faisaient autorité ; j'y devinais aussi une faiblesse de mon frère — sinon qu'il était faible, près de déchoir et ne peignait plus que pour justifier les théories de sa femme... La tête me tournait. J'appuyai mes joues sur mes poings, les coudes posés sur la table. Irina restait muette. Antoine finit par déclarer que j'avais l'air aussi blanc que ses toiles, que j'avais probablement trop bu. Je voulus plaisanter à mon tour, dire en exagérant mon accent que je n'étais qu'un paysan de la Garonne : les mots me manquèrent. Antoine alla chercher de l'eau. Tandis qu'il s'éloignait, Irina murmura : « Vous ne m'aimez guère, n'est-ce pas ? » Elle m'était jusque-là indifférente ; sa question me révéla non seulement ma haine d'elle, mais aussi à quel point ce sentiment était partagé. Je regardai pour la première fois Irina dans les yeux. Elle souriait étrangement. Je n'avais rien à ajouter ; ce calme visage de femme me plaçait devant quelque chose d'irrémédiable et trouvait une sorte de gloire qui lui donnait sa pleine beauté et me renvoyait à ma solitude. Je rougis ; je n'étais pas délivré pour autant, même si les choses étaient à présent plus claires ; la haine ne laisse nul répit : elle cloue les visages à leurs masques ou les saisit au plus nu d'eux-mêmes. Ce soir-là, ce fut un visage défait que j'abandonnai à la jeune femme.

XVII

L'ordre stellaire était ruiné. Je ne renonçai pas pour autant à mon frère. Je le répète : le temps n'avait pas pour nous de cours sensible – et surtout pas le cours paisible et implacable que les femmes lui donnent et qui nous incline vers l'étrange douceur de mourir. Cela ne m'empêcha point d'accomplir des actes dérisoires – les derniers, peut-être, d'une adolescence finissante, suscités moins par le dépit que par le soudain silence d'une voix intérieure – dont la défection m'ouvrait, jusqu'au vertige, à mon propre vide.

Je m'introduisis, à plusieurs reprises, secrètement, dans l'atelier des jeunes époux, dont je guettais dans la rue la sortie (ce mot d'époux, j'en use ici pour me mortifier : jamais je ne l'ai prononcé en moi-même ou à voix haute sans être pris d'une brusque envie de cracher). Il régnait dans ces murs une sévérité toute féminine ; en ces fins d'après-midi où Antoine et Irina se rendaient au café, selon un emploi du temps immuable, on ne voyait dans l'appartement nulle trace de l'activité de la journée. Je m'étendais sur le plancher, sous la vaste verrière ruisselante ou éclairée par un soleil blanc, et j'attendais en pleurant le déclin du jour. Dans cette position, les toiles de mon frère m'apparaissaient, inclinées vers moi, telles les tentures d'un catafalque. Je parvenais ainsi à trouver un peu de paix... Irina et Antoine soupçonnèrent-ils quelque chose ? Le concierge leur parla-t-il de moi ? S'ils ne renoncèrent pas à leurs sorties, ils revinrent plusieurs fois comme à l'improviste – moins pour me surprendre que pour m'effrayer, me dissuader de revenir. La paix qui me venait dans l'atelier n'était certes pas l'unique raison de mes visites, même si je ne savais pas précisément ce que j'y pouvais trouver. Puis je songeai que les grandes toiles quasi blanches d'Antoine étaient peut-être des signes adressés à moi seul, et qu'il s'accommodait de cette imposture apparente, parce qu'elle restait l'unique moyen pour lui de manifester, derrière la façade conjugale, par une évidence plus secrète, son attachement nostalgique à un ordre bouleversé : ordre dont nous étions de peu sûrs gardiens et de malhabiles herméneutes. Aussi nous trouvions-nous parfois, l'un et l'autre, poussés à des actes sans nécessité apparente, aberrants (au sens où l'on parle des aberrations des astres), voire démentiels, inhumains. Et peut-être, au plus obscur de notre nuit, incapables de percevoir les clous d'or qui la constellaient, savions-nous pourtant que c'était dans ces extrémités que nous apparaîtrait, en un miroir céleste, dans un ordre n'appartenant plus aux cycles humains, la confusion définitive de nos visages.

Je compris que je ne reviendrais plus à l'atelier : je lacérai et trouai la plupart des toiles exposées – méthodiquement, sans hâte, non pour les détruire, mais pour signifier à Antoine et à Irina que je n'étais pas dupe. Le même soir, ils parurent chez moi, le visage ouvert par un effroi et une colère qu'il me fallut soutenir de toute ma haine. Celle-ci me rapprochait de mon frère plus intensément qu'aucun des gestes intimes d'autrefois. Rien n'est plus impropre que de parler de l'aveuglement suscité par la haine ; jamais nous n'avions eu la conscience aussi vive de ce que nous étions l'un pour l'autre, et de ce qu'il nous restait à faire. Nous ne pouvions que nous battre ; nous le fîmes, à coups de poings ; mais au plus fort de notre combat, qui eut lieu dans la cour de l'immeuble, sous les regards goguenards ou indifférents des voisins, nous étions pris l'un pour l'autre de commisération ; nous nous souriions. J'avais à la main le couteau dont je m'étais servi pour mutiler les toiles ; Antoine tenait une statuette nègre en bois très dur qu'il avait prise sur mon bureau. Un premier coup m'atteignit au front, me fit trébucher, puis tomber à genoux : je n'avais pas cherché à le parer et suis certain que, si j'eusse été plus prompt, Antoine n'aurait pas évité mon couteau. Je ne me relevais pas. Mon sang m'aveuglait ; je devinais néanmoins le corps d'Antoine, debout au-dessus de moi, le bras levé, retenu par deux inconnus. Irina n'avait pendant tout ce temps ni bougé ni crié ; je lui en étais reconnaissant. Antoine se délivra et s'accroupit près de ma tête : je voulus user de mon couteau, à l'aveuglette ; je ne parvins qu'à lui érafler la main et me piquai la cuisse. C'est à ce moment que j'entendis Antoine chuchoter, non sans ironie, que je lui avais au fond rendu service, en donnant à ses toiles une dimension inattendue, inespérée — leur véritable dimension, peut-être. Je compris que je ne me trompais pas sur le prix qu'il attachait à ce qu'Irina nommait avec tant de fierté son Œuvre. Je me mis à pleurer, enfin délivré, rendu à moi-même et à l'intervalle, unique comme le nombre d'or, qui nous permettait, seul, d'être au monde en même temps. Je ne prêtai nulle attention aux sanglots d'Irina. J'abandonnai aux mains d'Antoine ma tête, qu'il posa sur ses genoux avec une délicatesse dont aucune femme n'eût été capable. Aux agents qui arrivaient et tombèrent en arrêt devant l'étrange trio que nous formions, entourés à distance de gens silencieux, Antoine déclara avec une autorité magnifique qu'il ne s'agissait là que d'une querelle entre frères. Je me mis à rire en voyant mon sang tacher le pavement blanc sur lequel nous nous étions battus, et passai le bras au cou de mon frère. Irina finit elle aussi par éclater de rire.

XVIII

Nous cessâmes de nous voir. Je devinais qu'Irina avait pourtant perdu la partie. J'étais sinon heureux, du moins apaisé. Je vécus même quelques jours avec une jeune femme qui prit mon apparent bonheur pour de l'amour, s'y trompa, en souffrit, puis, devant ce qu'elle jugea de la cruauté et qui n'était qu'indifférence (une indifférence, il est vrai, prompte à se muer en haine), me quitta.

Mon frère s'était résolu à exposer ses œuvres récentes — parmi lesquelles plusieurs des toiles que j'avais mutilées, à côté d'autres, quasi blanches, qu'il avait lui-même poignardées, si l'on peut dire, dans le style d'un artiste italien alors en vogue. L'époque était d'ailleurs à la fracture, à la déconstruction, à la blancheur, à l'éclat, au rare. Je publiai dans une revue littéraire un article qui avait pour but moins de justifier la démarche de mon frère (et de saluer ainsi cette volonté d'en finir avec la peinture) que de critiquer les théories d'Irina sur les implications idéologiques de l'Art. Selon moi, Antoine voulait, plus simplement, dénoncer l'imposture avant-gardiste et accéder à une tout autre nudité, à un dépouillement nouveau, à la figuration : la représentation de visages, de ciels, de scènes singulières d'enfance, écrivais-je, me paraissait être la voie véritable d'un peintre qui avait irréversiblement rompu avec le monde.

Le pseudonyme dont je signai l'article ne trompa ni mon frère ni son épouse. Je ne me dévoilai pas, affectant même de me gausser, avec les braillards que je fréquentais, de ce très réactionnaire essai pour réhabiliter la représentation, le figuratif, l'expression et qui avait un intolérable relent de mysticisme : essai par ailleurs vite réfuté par Irina, dont l'intelligence ne me parut jamais aussi vive qu'en cette occasion. Je ne répondis pas. Non que j'en fusse incapable ; mais la polémique eût dépassé de pures questions d'Art. J'avais vaincu sans triompher... Quelques mois plus tard, Antoine exposa une série de dessins représentant, dans une insoutenable nudité, le visage de sa femme. Un silence prudent, ou inquiet, les accueillit, comme s'il nous eût été donné de voir là le visage d'une morte.

XIX

Irina alla chez nous mettre au monde un garçon dont la beauté, aux dires de ma mère qui assista sa bru dans le travail, promettait de rassembler les traits les plus fins de ses parents. Je songeai à la petite Léa. Je n'eus pas la cruauté futile de jadis ; cette naissance m'était indifférente — et je restai plusieurs années avant de connaître le visage de l'enfant. Irina m'inspirait un vague dégoût (puisque j'étais incapable de pitié) ; il m'arrivait de la croiser, dans la rue, portant tout contre elle son fils ; je changeais de trottoir et suivais du regard cette trop jeune mère à qui sa progéniture donnait une figure triomphale, lasse, un peu bête — ce qui me confirmait que ma victoire sur elle était définitive, se crût-elle victorieuse du simple fait qu'elle avait engendré. A qui voulait l'entendre, je répétais que cet enfant, Antoine et Irina l'avaient eu par désespoir ; je ne m'expliquais pas davantage. Jamais je n'ai pu croire qu'un être tel qu'Antoine ait éprouvé le besoin de se perpétuer. Il y a des êtres pour rien, si l'on peut dire, dont l'existence n'a d'autre fin que l'écoute inlassable et sans espoir de leur chant intérieur. Pour la plupart, ce chant n'est qu'un infini radotage, un bruit d'eaux usées ; certains en décèlent l'écho dans une femme, un homme, ou en eux-mêmes ; d'autres, plus rares, chez un frère ou une sœur. Il s'élève en nous une chambre au cœur de laquelle les bruits et les couleurs du monde n'ont plus nulle force : une chambre dédiée au visage de l'Autre, qui se révèle à nous comme l'unique miroir où nous délivrer, fugitivement, en une eau très pure, de notre visage mortel. Ainsi, au plus extrême de son éloignement, de son silence, de son absence, ne cessait de poindre en moi le visage d'Antoine. Ainsi retrouvais-je, au profond des nuits de détresse ou de joie douloureuse, le sentiment d'éternité qui m'empêchait de m'abandonner au désespoir. J'étais indifférent déjà à ce qui pouvait m'arriver : indifférence à quoi la haine qui aiguisait certains de mes sentiments cédait de plus en plus, et que je tentais de combattre par le désordre de ma vie, sans mesurer à quel point ce désordre était le contrecoup du secret désespoir dont Antoine était la proie.

Je retrouvais des femmes à l'aube, dans des cafés fréquentés par des ouvriers, l'après-midi dans de petits musées déserts, ou dans des cimetières, devant la tombe d'un personnage célèbre. De la sorte, ce n'était pas l'amour que ces femmes disaient me porter que je mettais à l'épreuve, mais la nécessité de m'approcher d'autrui. Je fuyais : elles ne cessaient de me le répéter ; or, que pouvais-je fuir, sinon moi-même, dans une sorte de cauchemar qui me faisait éprouver l'impossibilité de fuir ? Toutes s'exaspéraient de ma froideur, de mes réticences, ou de ce qu'elles appelaient mon attitude suicidaire. Je ne leur répondais rien. Les mots du vocabulaire amoureux, je ne les prononçais pourtant pas et n'admettais pas qu'on puisse me reprocher d'être égoïste, de n'avoir rien à donner, de me contenter d'user du corps féminin comme si j'eusse été seul au monde... Je laisse aux autres le soin d'aimer et d'être aimé, de réunir en une gerbe vaine ces affections diverses qu'ils nomment amour, et de s'en débrouiller. Pour l'amour charnel, je le recherchais de façon effrénée, et ne parvenais que rarement à mes fins ; souvent ma beauté intimidait les femmes ; ou bien me retenait, dans leurs corps, quelque détail (grain de beauté, lèvres trop minces, tache de naissance, sourire trop ingénu, râle excessif) qui finissait par me dégoûter. Je sentais aussi, inquiet, le visage d'Antoine s'incliner par-dessus mon épaule nue : à lui seul je dédiais mon fugitif plaisir — et n'avais alors de cesse que je n'aie regagné la solitude de mon appartement pour y attendre le sommeil.

XX

Je cessai de m'agiter. Je demeurai des journées entières à songer à notre enfance, à me remémorer l'odeur de la brique chaude et des puits moussus, le bruit des hautes herbes couchées sur le bief par l'Autan, la quiétude parfaite de ces journées que nous dédiions l'un à l'autre ; dans mon demi-sommeil, m'en revenait le grain, inaltéré, comme si mon frère, allongé à mon côté, eût délaissé la contemplation des nuages pour poser sur moi un regard qui avait la pâleur d'un ciel d'été.

Je ne sortais qu'à la nuit, pour des déambulations sans but dans des quartiers inconnus, et de brèves haltes dans des cafés où je me laissais aborder par des hommes étranges – dont l'unique désir était de se confier, ainsi qu'ils l'eussent fait à une femme à qui ils auraient acheté un peu de temps. L'atmosphère lourde de cette fin de printemps était aussi propice à ces confidences soudaines. Je me rappelle un vieux poète anglais qui disait n'écrire que des sonnets en français et que je scandalisai en soutenant n'avoir que mépris pour la forme littéraire ; il buvait en compagnie d'un homme sans âge, aux yeux brillants et tristes, qui passait la majeure partie de l'année en mission aux îles Kerguelen. Je l'écoutai me parler longuement de sa vie dans cet archipel sur quoi Antoine et moi avions longuement rêvé. Moi qui n'étais en vérité curieux de rien, n'avais pas le désir de voyager et ne me souciais plus, à vingt ans, que de mon repos intérieur, j'eus le vif désir d'aller, gagné par l'enthousiasme de l'inconnu, dans ces îles nues. A voix plus basse, l'homme me fit ensuite de tout autres avances ; je les ignorai, me levai, de nouveau en proie à ma rêverie et au besoin de marcher. L'homme me suivit assez longtemps avant de m'abandonner pour d'autres figures, plus avenantes.

Plus tard dans la nuit, j'allais parfois retrouver une jeune Luxembourgeoise pour qui j'éprouvais une sorte de tendresse qu'entravait un peu la disgrâce d'un prénom que je modifiai, quand je ne l'italianisais pas, en Pauline. Je me montrais négligent, presque cruel. Elle avait la bonté de me trouver distrait et faussement cynique. D'un caractère doux, réservée, elle s'accommodait de mes sautes d'humeur, de l'irrégularité de ma fréquentation, parlait peu, m'écoutait volontiers, posait des questions pertinentes. Elle avait une beauté un peu lourde, un visage rond dans lequel rayonnaient des yeux d'un vert profond, une épaisse chevelure châtain. Je prétendais voir dans son regard les brumes de son pays. Sa douceur me faisait retrouver auprès d'elle, parfois sans transition, la paix de mes après-midi. Avec Pauline, je me délivrais de moi comme dans les eaux d'un fleuve – ce qui la porta sans doute à croire que je l'aimais et, à tout le moins, ne la dissuada pas de m'aimer. Comme les autres, elle souhaitait me convaincre que l'amour existe, et qu'il n'est pas d'amour sans réciprocité.

Elle travaillait sur la prose de Rilke et j'aimais l'entendre me lire, à mi-voix, des vers ou des lettres de ce poète que j'admirais et que mon ignorance de l'allemand m'interdisait de goûter pleinement. Lorsqu'elle lisait les poèmes que Rilke écrivit en français, la voix de Pauline retrouvait je ne sais quelles inflexions étrangères qui me faisaient tressaillir. J'étais assez libre avec elle pour, en retour, lui réciter des dizains du ténébreux poète français du XVIe siècle dont j'étudiais l'œuvre : je retrouvais mon accent natal, et me perdais dans ces yeux placides au fond desquels je voyais des reflets d'or. Je ne lui parlai jamais ouvertement d'Antoine ; je reprenais à mon compte quelques-uns de ses goûts et jugements. J'avouai aimer les petites îles. Pauline eut un sourire radieux – un de ces sourires qui découvrent trop les dents des femmes et m'ont toujours paru d'une grande impudeur. Elle me dit avoir, elle aussi, un frère qui peignait, et habitait l'une des Baléares ; il y vivait de sa peinture ; rien, ajouta-t-elle, ne nous empêchait d'aller là-bas quelque temps. Je souris et me retirai vite dans l'ombre, songeant que je n'avais nul désir d'aller aux Baléares, que je trouverais toutes les raisons de ne pas y aller, et que, d'ici l'été, j'aurais probablement rompu avec Pauline.

XXI

Au milieu de juillet, Pauline me reparla d'Ibiza. Je l'avais retrouvée à la terrasse d'un café, dans un quartier désert. Elle me tendit deux billets de train pour Barcelone. Je regardai devant moi : l'avenue vide était si ensoleillée que j'en eus la nausée. Pauline me dévisageait en souriant. Je n'avais pas pris les billets ; je baissais la tête ; j'étais soudain en proie à des tergiversations sans fin, comme à chaque fois qu'il s'agit de quitter les chambres où j'ai réussi à pacifier mes démons, à aiguiser ma haine, à m'abandonner à d'interminables songeries. Je songeai avec passion à notre demeure familiale, aux mains fraîches de ma mère sur mes joues lorsqu'elle m'accueillerait, à ma chambre natale, à la table de travail qui m'y attendait, chaque jour fleurie par notre vieille servante, et à l'œuvre dont je me croyais alors porteur. Je songeais aussi à une lettre récente de ma mère : Irina venait de s'installer chez nous avec son fils, pour plusieurs semaines, tandis qu'Antoine passerait l'été à naviguer seul dans les Sporades.

Au comble de l'incertitude et du désarroi, je m'étais sans doute mis à murmurer, à insister sur la nécessité de la retraite, du silence, de l'Œuvre; j'eus la faiblesse d'évoquer Rilke et sa solitude valaisane. Pauline avait compris; elle pleurait en silence, le visage fermé. Ces larmes m'exaspéraient : je le lui dis. Elle me regarda, incrédule, puis en colère, et finit par crier que c'en était terminé. Je me crus fort d'une décision qu'en vérité personne n'avait prise — et alors que je me savais aussi bien incapable de rester à Paris en été que de vivre sous le même toit qu'Irina. J'étais pourtant sur le point de me lever, de quitter Pauline, de brusquer les choses. Nous continuions de nous taire. Vers midi, une pluie d'orage nous fit refluer à l'intérieur du café. Le garçon vint me demander de payer. Je n'avais pas de quoi régler entièrement l'addition — et Pauline prétendit n'avoir sur elle que quelques centimes, si bien que, humilié, exaspéré, je dus proposer au patron de garder mes papiers en attendant que je revienne payer; il se contenta de ce que je lui versai et nous montra la porte. Nous attendîmes la fin de l'averse sous l'auvent d'une boutique. La figure de Pauline avait une dureté que je ne lui connaissais pas. Je tremblais, étais sur le point de me mettre à crier, ou à pleurer. Ma veulerie n'exaspérait plus Pauline : elle avait gagné, quoiqu'elle l'ignorât encore ; elle fit quelques pas en avant, offrit son visage aux dernières gouttes de pluie. Ce fut ce geste sans importance, destiné peut-être à masquer de nouvelles larmes, qui me décida, ou plutôt me fit céder.

XXII

Le même soir, nous étions seuls dans un compartiment. Je croyais bien connaître les femmes : c'étaient elles qui me jugeaient, portant pour la plupart sur moi un regard aussi perçant que le regard maternel. Quant à l'expérience dont je m'imaginais nanti, elle se résumait à maintes liaisons fugitives dont la conclusion tourna souvent au fiasco ou fut rêvée. Au moment de mon départ pour Barcelone, je n'avais réellement possédé que cinq ou six femmes, et autant de prostituées. Je n'étais soudain plus qu'un très jeune homme à la dérive, replié sur sa seule haine du monde tel un drapeau sur son mât — et encore cette haine ne se manifestait-elle plus qu'en une sorte d'intense détresse, inavouée, qui m'empêchait de dormir. Cette nuit-là, je la passai, hagard, couché en chien de fusil en face de Pauline à qui j'avais refusé l'étreinte qu'elle désirait, s'étant dénudée avec une impudeur inaccoutumée qu'elle croyait sans doute justifiée par les circonstances et le lieu, et qui me déplut. Ma froideur nous repoussa dans le silence. Je ne m'assoupis que vers Montauban et me réveillai alors que le train manœuvrait en gare de Narbonne : sommeil singulier, où je devais voir la nécessité de ce voyage, puisque je ne m'étais pas réveillé à l'arrêt de Toulouse, pendant lequel je serais à coup sûr descendu pour regagner le lieu qui ne cessait de me hanter : ma chambre natale.

C'était à qui, de Pauline ou de moi, dans l'aube sale du compartiment où nous avions soudain trop chaud, prononcerait les premiers mots. Elever la voix eût été, pour moi, me mettre à hurler ; Pauline le comprit-elle qui, le plus bas possible, murmura qu'elle allait acheter de quoi boire et manger ? Elle revint les mains vides ; je n'en fus pas trop fâché : je n'aime pas voir manger une femme et aime encore moins manger en un lieu public. A la frontière, il fallut changer de train. Les vérifications d'identité furent interminables ; l'autre train ne se décidait pas à démarrer — et quand il roula, ce fut pour s'arrêter, inexplicablement et souvent, en pleine campagne. Je voulus aller me rafraîchir la figure dans les toilettes. Je me frayai un chemin dans une foule braillarde, qui sentait la sueur et l'oignon, jusqu'à des cabinets dont la porte ne fermait plus et où la cuvette avait été arrachée : le sol était couvert d'excréments et de morceaux de journaux sales. Des femmes fortes, entourées d'enfants, rirent de ma déconvenue — autant que de mes cheveux longs et de mes ongles qu'alors je vernissais de noir.

A Barcelone, dans une lumière poudreuse de fin

d'après-midi, la recherche d'une chambre d'hôtel fut l'occasion de vexations répétées ; nous ne pouvions produire de papiers attestant de liens conjugaux : des femmes au visage sombre et sévère, nous dévisageaient longuement avant de refermer sur nous la porte entrebâillée d'entresols obscurs. Ma haine de ce peuple prétendu fier et qui n'avait l'air qu'arrogant et mesquin ne le disputait qu'au harassement et à un sentiment croissant de honte. Nous finîmes par trouver un hôtelier complaisant, qui nous loua une chambre à deux lits. Nous dînâmes au bord d'une avenue passante. Je bus beaucoup de bière, achetai un paquet de cigarettes au goût âcre, sur lequel figurait un bison ; puis nous attendîmes la nuit, marchant en silence, ou nous arrêtant sur des bancs pour des conversations au cours desquelles je me montrais débordant d'affection pour Pauline. Le désir me vint, très vif, de l'étreindre, et tandis que nous regagnions l'hôtel à travers des ruelles mal éclairées, je m'arrêtais fréquemment pour lui baiser la bouche et la serrer contre moi — jusqu'à ce que deux gardes civils, surgis de l'ombre, nous aient enjoint brutalement d'apaiser nos ardeurs. Je considérai avec stupeur ces couvre-chefs étranges, luisant dans la nuit, et ces bouches frémissantes d'indignation ; Pauline me supplia de ne rien dire, me tira par le bras ; j'avais oublié que le pays vivait sous le régime franquiste.

Notre étreinte fut brève, et mon plaisir si infime et décevant, que je fus rejeté au plus noir de moi-même, violemment. Je fus pris pour Pauline d'une répulsion que je ne m'expliquais pas, et d'une haine si vive qu'il ne me fut pas possible de les lui cacher : elles m'eussent conduit à la gifler si je ne m'étais précipité sur l'étroit balcon, où je restai plusieurs heures, insensible aux sanglots de la jeune femme, fumant et regardant les guirlandes de lumignons ornant des navires de guerre à l'ancre dans le port.

XXIII

Le lendemain, nous fîmes comme si rien n'avait eu lieu. Nous visitâmes la cathédrale pendant un office ; l'odeur de l'encens m'écœurait ; l'architecture m'ennuyait plus que jamais ; je laissai Pauline aller voir seule la Sagrada Familia de Gaudi. Je n'étais plus soucieux que de me dérober à l'infaillible soleil — et, ce matin-là, d'apaiser mes entrailles qui me faisaient souffrir au point que je dus descendre dans d'immenses latrines presque obscures, gardées par un homme obèse, à l'air hautain et las, qui exigea de la menue monnaie en échange de papier hygiénique qu'il mesura chichement. Enfermé dans une cabine, le pantalon sur mes chevilles, je sanglotai comme un enfant au milieu de bruits d'eau et de voix sourdes. Je retrouvai Pauline dans un musée d'art moderne, où je ne regardai rien, sauf le visage de certaines visiteuses. Des avenues interminables bordées d'arbres poussiéreux nous menèrent aux confins de la ville. J'étais épuisé, furieux, prêt à tous les débordements. Je m'emportai contre Pauline qui prétendait visiter la colline de Montjuich, à l'autre bout de la ville ; j'en avais assez : je le dis. Pauline s'efforça de sourire ; elle répondit lentement que si je n'avais pas la force d'attendre le bateau pour Ibiza, le surlendemain, nous pouvions tenter de prendre l'avion.

De la nuit que nous passâmes à l'aéroport, je garde un souvenir halluciné. Ces salles d'attente claires et spacieuses, bruissantes de langues inconnues, m'apaisèrent. Pauline commença de lire *le Bleu du ciel.* J'avais ouvert *le Soulier de satin,* mais ne parvenais pas à m'y intéresser : je regardais devant moi, jetant de temps à autre un coup d'œil sur le livre de Pauline pour savoir où elle en était de ce texte que je connaissais alors presque par cœur. Elle le referma bientôt ; sans tourner la tête, elle dit que c'était bien là un livre pour moi, qu'elle n'avait que faire, elle, du rire, du vide, de l'ivresse, de la souffrance, de la mort, et qu'elle était du côté de la vie. Plus que de l'agressivité, il y avait dans ses propos un défi mêlé de lassitude. Je fus sur le point de la trouver d'une bêtise insupportable. Elle bâilla comme une petite fille, posa la tête sur mes genoux, s'endormit.

Je ne supporte pas le spectacle d'un être humain en train de dormir – pas même celui de mon frère, qui détestait d'ailleurs être surpris de la sorte, la figure relâchée ou prise de légers et ridicules soubresauts. Le visage de Pauline endormie m'inspirait une répulsion croissante ; je m'efforçais de ne pas le regarder mais revenais à lui, irrésistiblement, comme pour m'assurer, fasciné, qu'il me dégoûtait à juste titre : à tel point que je dus me dégager et aller marcher entre des voyageurs somnolents qui attendaient, comme nous, les premiers avions pour les îles.

Au milieu de la nuit, on appela plusieurs fois par haut-parleur une femme dont le prénom de Mercedes, prononcé doucement, me fit presque m'éprendre de cet être que j'imaginais, naïvement, d'une beauté hautaine, rare, ferme ; je guettai cette Mercedes qui ne se présenta pas au guichet ; j'en conçus un dépit qui accrut ma haine de Pauline et atteignit son comble peu avant l'aube, puis tourna à l'angoisse. Je n'avais rien mangé depuis la veille à midi ; mes nerfs étaient surexcités par le tabac. Je me rassis, fermai les yeux et me rabattis, si je puis dire, sur la répulsion inspirée par Pauline : je m'attachai à imaginer la jeune femme entièrement nue, dans des positions grotesques ; son véritable prénom, par ses sonorités, soulignait à merveille le tremblotement ridicule de ses fesses ; je m'acharnai à me la représenter en victime de personnages de Sade. De Pauline, je ne sais pourquoi je passai à mes parents, que je me représentais, eux aussi, nus, montant à l'échafaud, abandonnant à un bourreau d'Ancien Régime leurs chairs flétries. Je transpirais ; ce cauchemar effréné, volontaire, impie, aux détails de quoi mon esprit s'attachait avec une précision douloureuse, me devint intolérable : je me mordis la paume jusqu'au sang pour ne point hurler. Je m'apaisai peu à peu. J'avais rencontré les yeux fixes d'une fillette blonde, à qui je finis par sourire. Nous nous regardâmes jusqu'au lever du jour, jusqu'à l'épuisement.

XXIV

Je n'avais jamais vu la mer. Des hauteurs d'Ibiza, je découvris cette étendue trop vaste et aveuglante que je n'approcherais jamais davantage. La chaleur, le ciel, des odeurs inconnues et trop fortes me repoussèrent en moi ; je ne rechercherais bientôt plus que l'ombre des pins, des porches, des groupes de petits édifices cubiques et blancs qui constituent les fermes. A aucun moment je n'eus le sentiment de me trouver dans une île, et songeais non sans déception à ce qu'Antoine m'en disait autrefois.

Un autocar nous conduisit vers l'intérieur, à Santa Eulalia, où nous attendîmes en vain le frère de Pauline. Il nous fallut gagner en taxi le hameau de San Carlos, situé sur une petite crête, et attendre encore dans l'auberge de Teresa, sous une treille si fournie qu'elle nous dérobait le ciel. Pauline et moi n'avions pas échangé un mot depuis l'aube ; notre indifférence était feinte, rendue aisée ou nécessaire par la fatigue et l'attente du frère, qui ne se manifesta qu'à la fin de la journée. Gérard avait la trentaine, un visage fermé, aux traits fins ; il portait de longs cheveux châtain réunis en queue de cheval. Il s'approcha de sa sœur sans rien dire ni sourire, lui baisa les lèvres avec un faux naturel qui me le fit détester sur-le-champ. Jamais nous n'échangeâmes plus de quatre mots. Il usait d'ailleurs avec Pauline du dialecte luxembourgeois — ce qui, tout à la fois, m'irritait et me laissait en paix. La nuit tombait. Il nous conduisit à la ferme qu'il habitait, sur le flanc d'une large vallée, au milieu de pins et d'oliviers : elle était formée de six cubes percés d'étroites fenêtres sans volets ni carreaux, adossés trois à trois ; l'autre partie était occupée par des Suisses alémaniques que l'on entendait chanter jusqu'au milieu de la nuit. Gérard nous offrit du pain, des tomates, des figues et d'un vin âcre dont il buvait à longs traits, la tête renversée, et laissait couler sur son torse nu des filets qui brillaient comme du sang. Quelqu'un s'approcha de notre feu, allumé au centre de la cour de terre battue : c'était Margrit, une jeune Allemande, dont la tête et le buste semblaient enveloppés, telle une dame punique, d'un grand drap sombre. Gérard et sa sœur se lancèrent avec elle dans une conversation interminable et, pour moi, incompréhensible. Je gagnai la pièce qui nous était attribuée, tirai de ma valise un sac de couchage que j'étendis sur une natte. Je m'endormis. A l'aube, je suffoquais ; la porte était restée ouverte. Le corps de Pauline, recroquevillé contre le mur opposé, me répugnait toujours autant.

Je sortis. Dans la cour, Gérard puisait à la citerne de l'eau de pluie qu'il laissait couler à pleins seaux sur son corps : il était entièrement nu. Il me dit de ne pas boire l'eau de la citerne. Je hochai la tête, puis marchai vers le sommet de la première colline ; à mi-hauteur, je m'arrêtai sous un amandier ; au fond de la vallée, des voitures descendaient déjà vers la mer qu'on n'apercevait pas. Je somnolai, puis je brisai les unes avec les autres quelques pierres plates. A mon retour, Pauline se lavait près de la citerne. Elle me tendit les lèvres ; je lui dis que je n'étais pas son frère et regagnai l'ombre de la chambre, où elle me suivit, presque nue, les bras ballants, si pitoyable et semblable au personnage de ma rêverie de la veille que je fermai les yeux. Elle me demanda de l'accompagner à Santa Eulalia ; je refusai, arguant de la chaleur trop forte, d'une mauvaise nuit qui me laissait les nerfs à vif. Je déployai sur ma figure et mon corps nu une grande chemise. Pauline murmura que je ressemblais à un mort. Son rire sonnait faux.

Je jugeai excessive et inexplicable la répulsion haineuse que je nourrissais ; mais je ne pouvais m'en défendre : on eût même dit, dans les jours qui suivirent, que la conscience que j'avais de mon ignominie ne faisait que me rendre plus odieux. Vers midi, je rejoignis Pauline sous la treille de Teresa. Je posai sur la table un autre livre de Bataille, *Madame Edwarda*. Pauline me regarda l'ouvrir, exaspérée : de quoi je me réjouis, car la colère donnait à son visage un peu de cette vivacité qui lui faisait défaut. Nous conversions comme nous l'aurions fait dans un café parisien ; en vérité, j'étais presque le seul à parler, m'appliquant ainsi à ignorer l'endroit où nous nous trouvions. J'étais grotesque. Autour de nous, mangeaient en silence des jeunes gens venus de pays du Nord ; leurs chevelures, leurs barbes, leurs torses boutonneux et brûlés par le soleil leur donnaient des allures barbares. Leurs compagnes semblaient souffrir, résignées, d'une étrange langueur. Les seuls à se faire entendre étaient mes compatriotes ; je ne les écoutais pas ; je m'abandonnai à une attente dont je ne savais ni l'objet, ni la durée, ni même si c'était une attente.

XXV

Je dormis dès lors sous un figuier, un peu au-dessus de la ferme. Les mouches m'éveillaient dès l'aube. J'allais à la citerne, me dénudais, me lavais en regardant paraître un soleil que je fuirais tout le jour. La chaleur sèche de l'île m'irritait au point de me tirer des larmes : arbres, visages et corps semblaient se tordre derrière une vitre dépolie. Je ne quittais guère le cube d'ombre de la chambre. Pauline s'était fait des amis et passait ses journées à la plage.

Ma valise ne contenait que des vêtements inutiles sous un tel climat, et de nombreux livres dont je me lassai. Il ne me restait plus qu'à écrire : ne prétendais-je, chaque soir, à l'auberge, que j'étais écrivain ? Or, le soleil, le bleu du ciel, l'extrême solitude de mes jours et de mes nuits, me révélaient l'inanité de ma condition de poète. Ecrivain, je ne l'étais qu'en paroles, ou en désir – incapable de retrouver jusqu'à l'obscure veine poétique dont je croyais, présomptueux, avoir fait ma manière et qui n'était que l'habile réinscription de lectures diverses. Ainsi, j'en fus réduit, non pas au journal intime, trop pervers à mon goût, et dérisoire miroir, mais à la lettre, seule manière – littéraire encore – de m'apaiser un peu en ce temps de détresse. J'en écrivis d'innombrables, souvent sans me soucier de leur destinataire ; elles n'étaient pas dépourvues pour autant de sincérité, même si je rêvassais déjà, et complaisamment, à un recueil posthume dont le titre fût quelque chose comme : *Lettres d'Ibiza,* où je donnerais à lire l'essentiel de mon existence. En vérité, un seul être en était le destinataire, sinon l'inspirateur ; et à relire aujourd'hui celles que j'envoyai à Antoine, je ne peux m'empêcher de sourire : leur lyrisme tendu, la rage et le pathos qui les animent, révèlent, outre le ridicule de ma jeunesse, une sorte d'imposture à être au monde – comme si je ne me percevais alors plus, dans mon désarroi, qu'en tant qu'invention de mon frère, son double fugitif, fantomatique. Reste que, sans ces missives, j'ignore comment j'aurais pu demeurer dans l'île.

J'avais d'ailleurs très vite cherché à quitter Ibiza – à fuir, à échapper à l'impression douloureuse de n'être que l'élément d'un songe. Je marchai jusqu'à Santa Eulalia, puis gagnai la ville en autocar. Il me fut impossible de modifier la date portée sur mon billet de retour, ou de trouver, avant plusieurs jours, une place dans aucun bateau. J'errai tout le reste du jour dans les ruelles d'Ibiza, buvant aux fontaines, m'allongeant, dans la ville haute, sur des murets bordant des précipices, les yeux fermés, songeant qu'il m'eût suffi pour en finir d'un geste de dormeur qui se retourne. Le soir, je bus un grand verre de citronnade en compagnie d'un homme qui m'avait abordé sur le port. Il était jeune encore, presque chauve, gras et puait l'ail ; il me dit se prénommer Jaime ; il habitait Santa Eulalia où il était fonctionnaire et où il accepta de me reconduire. Il voulait que je dîne chez lui ; sur mon refus, il m'invita dans un restaurant agréable. Nous nous exprimions dans un sabir où se mêlaient l'espagnol, le français et l'anglais. Jaime me montra une photo de sa défunte épouse. Il était d'une bêtise et d'une délicatesse inouïes. Il fut, sans le savoir, responsable de ma rupture avec Pauline.

Jaime était ivre. Mon indolence et mon ivresse lui laissaient-elles tout accroire ? Il se mit à me caresser la main sur la table ; si je ne la retirai pas, c'était que je venais de voir entrer Pauline et son frère ; ce dernier passait souvent, le soir, dans ces restaurants fréquentés par des étrangers, pour y vendre des dessins et des gouaches que je jugeai ni plus ni moins exécrables que ce qu'on peut proposer à des touristes abrutis de chaleur et d'alcool. Pauline s'approcha ; je ne lui laissai pas le temps de parler : je lui demandai d'appeler Gérard. Jaime avait retiré sa main et ne cachait pas sa contrariété ; il transpirait ; Pauline ne quittait pas des yeux cette main velue qu'elle avait vu tenir la mienne. Je souriais. J'eus la cruauté de prolonger cette scène en obligeant le petit fonctionnaire à m'offrir un des dessins de Gérard, pour le choix de quoi je pris tout mon temps. Pendant que Jaime discutait le prix avec

Gérard, Pauline s'accroupit à côté de moi et me dit, doucement : « C'est pour ça que tu m'as accompagnée à Ibiza, pour ça... » Ce n'était là ni une question, ni un reproche, ni même une constatation, mais des mots au-delà de toute détresse, qui me firent me lever, planter là Jaime et les autres, et regagner San Carlos à pied, dans la nuit. En approchant de la ferme, je heurtai du front une branche d'olivier, si fort que j'entrai en titubant chez les Suisses, où il y avait de la lumière : les trois jeunes gens se mirent à rire ; je les crus ivres du haschich qu'ils fumaient quotidiennement ; mais c'était le sang qui me coulait sur la figure et dans le cou qui les rendait hilares. Nous fumâmes ; je fus bientôt gagné du même rire qu'eux, un rire sans objet, interminable, quasi désespéré, et que je n'apaisai qu'en allant m'allonger sur la terre battue de la cour, d'où je contemplai fixement les étoiles qu'il me sembla sentir scintiller en moi.

XXVI

Pauline ni son frère ne me chassèrent. La face barbouillée de sang qu'elle découvrit en rentrant y fut pour beaucoup. Pauline eut des gestes maternels. Il ne fut jamais question de la scène du restaurant, ni même de nos relations. La jeune femme ne montrait guère ses sentiments ; elle me savait prêt à tout, me connaissant mieux que je ne le supposais ; elle trouvait dans une pitié sans mépris la force de renoncer à moi tout en continuant de me voir. Et de même qu'on se sent avec étonnement délivré d'une vive douleur, dès le lendemain se dissipèrent haine et répulsion : je pus regarder sans dégoût la jeune femme, lui parler à nouveau, lui représenter la nécessaire conjonction de la chaleur de l'île et de la chasteté, et avoir même pour elle des gestes tendres qui la faisaient sans doute souffrir ; elle avait encore le courage de paraître s'en amuser : « Tu parles trop, tu n'es qu'un hâbleur », me disait-elle, en souriant et me repoussant.

Je ne pouvais quitter Ibiza avant une dizaine de jours. Détaché de Pauline, rendu à moi-même, je l'étais également à l'absence de temps : je sentais se rétablir en moi l'équilibre stellaire dont le haschich m'avait remémoré la toute-puissance. Rappelé en quelque sorte à l'ordre, j'en vins à aimer l'immobilité dans laquelle je passais mes matinées, allongé contre le mur de chaux blanche, à observer tantôt le déplacement d'insectes entre les cailloux, tantôt, les yeux clos, les métamorphoses de ma nuit intérieure, qui n'était plus qu'une sorte de clair-obscur où je me terrais en vain. Un matin, s'éleva dans la chambre voisine le râle d'une très jeune femme, qu'accompagnait, plus étouffé, celui de Gérard. Je me croyais seul : je fus bouleversé par ce chant inconnu de moi, qui ne m'étais jusque-là soucié que d'atteindre au plus vite un plaisir dont le peu d'intensité ne méritait pas un soupir, et encore moins les faibles gémissements dont mes partenaires pensaient me faire plaisir. Cette fois, j'écoutais un chant qui me clouait à moi-même comme il clouait peut-être Gérard à sa compagne, un chant d'une beauté quasi intolérable, dans lequel on eût en vain tenté de distinguer souffrance et joie — et qui était sans doute l'au-delà de toute peine et de toute joie, sorte de buisson ardent où venait se défaire la dépouille humaine en son œuvre charnelle pour atteindre l'instant où deux êtres affrontés tentent de s'échanger l'un à l'autre et finissent par hurler au cours de leur soudaine chute dans le vide d'une nuit étoilée ; cette chute n'est ni défaite ni accomplissement, mais restitution de soi à soi, dans une pacification appelant un nouveau tumulte, d'où renaît bientôt le même chant. Celui-ci était d'une générosité absolue ; je m'y abandonnai : je me dénudai et me caressai à mesure qu'il s'élevait, oubliant la double plainte qui suscitait le mouvement de mes mains sur mon membre, et lui accordant la raucité de mon souffle, jusqu'à ce que je me sois délivré de moi avec des larmes d'enfant.

Le même soir, j'eus avec Margrit une longue conversation en anglais qui porta d'emblée sur la chair. Venue pour voir Gérard, et dépitée qu'il la délaissât pour une jeune insulaire, elle fit du feu dans la cour et prépara en silence de quoi dîner. J'observai à loisir ce visage aux traits un peu forts mais réguliers, cette abondante chevelure rousse, ces yeux clairs, cette poitrine lourde. Nous mangeâmes sans nous quitter des yeux ; ensuite Margrit roula une cigarette de kif, s'étendit contre moi sur sa djellaba noire, liserée d'or ; elle me dit que je lui plaisais, mais qu'elle revenait du désert marocain où elle avait ressenti la nécessité d'être chaste, et que Gérard avait été sa dernière faiblesse. Ce discours sentait trop le dépit et une sagesse bon marché ; le kif et le souvenir de la scène matinale exacerbaient mes sens ; les propos de Margrit, que j'eusse sans doute approuvés en d'autres circonstances, m'irritèrent violemment, surtout lorsqu'elle me caressait la joue pour me reprendre la cigarette. Elle s'en aperçut, sourit, se pressa davantage contre moi, puis se remit à parler. Sa conversation me lassa ; je m'éloignai sans rien dire et allai dormir sous mon figuier.

XXVII

Entendre chaque matin les râles de Gérard et de sa compagne – frêle et fugitive jeune fille apparue avec l'aube et en allée dès avant midi – me devint insupportable. Je me réfugiais très tôt sous la treille de Teresa, d'où je ne bougeais plus avant la nuit, assis à une table du fond sur laquelle on entreposait le courrier. Enveloppé dans la djellaba de Margrit, j'écrivais, observais, écoutais, parlais, passais sans peine pour un être singulier – sinon pour un poète ; et cette condition me valait la considération de Teresa et de ses petites servantes, silencieuses et renfrognées. J'irritais les hommes ; les femmes venaient volontiers s'asseoir à ma table, sans même plus prendre prétexte du courrier, m'offraient des cigarettes, de la bière, un peu de nourriture. Depuis plusieurs jours, je n'avais plus de quoi m'offrir qu'un seul repas quotidien, composé d'œufs durs, de crudités, de pain ; aussi mes interlocutrices, devinant à ma figure creuse que j'avais faim, me laissaient-elles picorer dans leur assiette, quand elles ne me l'abandonnaient pas.

Chacune avait son heure ; d'autres, plus rares, venaient s'asseoir à la sauvette – telle la compagne de Gérard, de laquelle je découvris enfin le visage, pâle et d'une finesse de Saxe, et que j'écoutai se plaindre confusément de la brutalité des hommes – sans parvenir à imaginer qu'un corps aussi fluet fût capable de susciter les tumultes matinaux. Vers onze heures, Valérie, une israélite aux yeux très noirs et à la voix dure, me parlait avec ravissement de ce qu'elle exigeait de son amant et des prouesses de celui-ci : le mot amant revenait trop souvent dans sa bouche et d'une façon trop appuyée pour ne pas m'irriter – surtout à considérer l'amant, jeune homme d'apparence mièvre, soumise, lasse. Laure, elle, n'avait de goût que pour les personnes de son sexe, m'en exposait longuement les raisons et n'en finissait pas moins par me considérer avec une gourmandise furieuse. Kitty et Claudine étaient, avec Margrit, mes préférées : ces deux Parisiennes gouailleuses m'embrassaient à pleine bouche en arrivant et en me quittant ; elles aussi évoquaient, mais pour s'en moquer, les exigences, manies et faiblesses des deux Allemands fortunés avec qui elles vivaient, et qui hébergeaient Margrit : ils s'adonnaient aux drogues dures, restaient hagards pendant des heures, revenaient de la mer surexcités ou haineux, se jetaient sur les deux jeunes femmes pour assouvir une fureur qui leur tenait lieu, peut-être, de plaisir. Kitty et Claudine qui, selon leurs dires, n'en étaient pas à leur premier acte de prostitution, affectaient d'en rire et de s'en accommoder ; mais elles avaient peur des deux hommes, autant que Margrit, qui me supplia un soir de l'accompagner chez eux : elle voulait reprendre ses affaires et les déposer chez Gérard.

Les Allemands demeuraient de l'autre côté de la vallée. Nous pénétrâmes dans une pièce vaste, dont le sol et les murs disparaissaient sous des tapis et des tentures du Maroc. Les deux hommes – deux jeunes frères d'une beauté que l'on ne trouve qu'aux êtres désespérés ou promis à une mort prochaine – étaient allongés sur des coussins chamarrés, près d'une lampe basse. Margrit me dit que c'était avec eux qu'elle était allée dans le désert. Elle parlait haut : les deux frères n'avaient pas bougé ; leurs regards ne s'étaient à aucun instant posés sur nous ; nous n'avions rien à craindre d'eux. Margrit m'avoua qu'ils s'étaient partagé ses faveurs : révélation qui, je ne sais pourquoi, me dégoûta un peu, tout en me faisant comprendre mieux la chasteté de Margrit. Elle rassembla ses effets dans un grand havresac, alla parler aux deux frères qui ne répondirent rien et souriaient toujours stupidement.

Margrit marchait d'un pas vif dans la nuit. Ce fut elle qui décida de prendre à travers champs pour gagner plus vite la maison de Gérard, dont elle me montrait, au loin, les lumières. Je la suivais, étourdi par la faim et les cigarettes que nous avions dérobées aux Allemands : sous l'effet de l'excellent tabac virginien dont je n'avais pas l'habitude, je me mis à rire, à divaguer. Nous ne retrouvions pas la route, tournâmes en rond, interminablement : les champs étaient si petits et les chemins si courts entre leurs haies de roseaux secs qu'à tout moment nous pouvions nous croire sur la bonne voie. D'un versant de la vallée à l'autre, comme autant d'étoiles, vacillaient de minuscules lumières. Je me retournai vers Margrit ; elle voulut rire ; ses dents luisaient ; les bras le long du corps, son sac abandonné à terre, elle me regardait. Je me rapprochai : elle se jeta contre moi, chercha ma bouche, tenta de me faire choir avec elle, sur elle. Je ne me souvenais plus que de ses propos sur la chasteté, affolé, redoutant autant que je le désirais, le contact de cette poitrine lourde et ferme, de ces lèvres qui me brûlaient la figure et le torse, de ces doigts qui cherchaient à libérer mon membre. Je repoussai Margrit, qui s'affaissa en sanglotant. Jamais autant qu'à cet instant, il ne me fut donné de mesurer combien je préférais la fermeté de jeunes corps masculins aux mollesses et aux rondeurs des femmes – même si je ne pouvais me satisfaire qu'avec des femmes, et que seule ma niaiserie m'avait empêché d'accepter le désir que j'avais de Margrit.

Je me mis à courir dans l'obscurité. Margrit me cria dans sa langue des mots que je ne compris pas. Je l'attendis. Nous nous dirigeâmes vers les plus proches lumières, parvînmes dans la cour d'une grande ferme. Des gens de tous âges étaient assis contre les murs et sous les porches ; une lanterne, posée sur un tabouret, éclairait la cour. On nous accueillit en silence, nous invitant à nous asseoir ; nous nous accroupîmes à la limite de l'ombre et de la clarté. Intrus, nous l'étions certainement ; mais du moment que nous nous taisions et puisions dans les plats qu'on se passait, nous n'avions nulle raison de bouger. Un peu plus tard, une vieille femme se leva, prit Margrit par la main, lui jeta un châle sur la tête et l'entraîna vers le bâtiment principal. On m'enjoignit de les suivre. Nous entrâmes dans une salle fraîche et blanche, au fond de laquelle, parmi de très hauts cierges, des femmes murmuraient autour d'un cercueil d'enfant ouvert.

XXVIII

J'entretenais avec Kitty des rapports assez ambigus pour qu'on la crût ma maîtresse. Sa vivacité et la liberté de ses gestes m'enchantaient autant que m'inquiétaient les ombres qui peuplaient par moments, le rendant vulgaire, le visage de Claudine. De Kitty j'acceptais ce que je n'avais encore jamais toléré d'une femme. Elle mettait à se raconter une ingénuité quasi romanesque, quoique sans pathos ni mauvais goût, ne regrettait nullement ce qu'elle appelait ses expériences de trottoir, soutenant même qu'elle respectait les hommes qui la payaient – et à la satisfaction desquels elle mettait, disait-elle, une application sans perversité. Ce que j'éprouvais pour Kitty était indéfinissable – et je ne cherchais pas à y voir plus clair. Certes, qu'elle se fût prostituée parce qu'elle avait eu faim – banlieusarde naguère naïve et trop tôt enfuie de chez elle – m'inspirait le même dégoût que les révélations de Margrit ; en même temps, elle savait se laver sous mes yeux de toute faute, retrouver des gestes et un rire d'adolescente, une grâce d'enfant pauvre. Je m'ouvris à elle. J'aurais déçu cette lorette déjà lasse si je lui avais dit la vérité sur mon imposture et les circonstances qui m'avaient amené dans l'île : poète, elle voulait que je le sois ; j'en avais l'allure, l'air famélique, les yeux brillants, la parole émue ou obscure à souhait. Je lui récitais des vers de Baudelaire qui la faisaient pleurer ; je lui parlais de notre demeure familiale, lui décrivais la pièce où j'aimais travailler, les endroits du parc où je rêvais ; elle s'en émerveilla à tel point que, se lovant sur mes genoux, au grand dam de Teresa, elle me supplia de l'emmener là-bas, de ne pas quitter Ibiza sans l'en avertir : « Je me ferai toute petite, je ne te gênerai pas, tu me verras quand tu voudras » ; et elle riait. « Est-ce que tu ne me trouves pas belle ? », ajoutait-elle, en me découvrant ses seins et me mordant la lèvre jusqu'au sang — ce qui la faisait rire encore plus fort ; mais il y avait dans ce rire quelque chose d'une supplique que j'accueillais avec un sourire gêné. Kitty disparaissait aussi promptement qu'elle avait surgi. Peut-être était-elle bien plus sincère et soucieuse de moi que je ne le croyais. J'affectais de n'en rien voir — ou bien étais-je encore trop innocent pour deviner le fond de cette âme simple.

Innocent, je ne le fus pas moins avec cette femme d'âge mur que, faute d'avoir su son nom, j'appellerai la femme brune. Elle apparut un soir à l'auberge, accompagnée de deux hommes d'une trentaine d'années, et vint seule à ma table. Je bus le verre de bière qu'elle me tendait. Nous restâmes assez longtemps sans parler. Nous n'éprouvions nulle gêne. Les deux hommes, assis plus loin, nous regardaient avec indifférence – et le reste de la salle avec une curiosité qui réduisit les voix au murmure. Je perdis patience : je demandai à la femme brune ce qu'on me voulait.

– Que voulez-vous dire ? Pourquoi vous inquiéter ?

Elle parlait d'une voix un peu rauque et lente, dans un français exquis. Je ne sus quoi répondre. Je lui pris une cigarette, qu'elle alluma elle-même. Ce geste, s'il ne dissipa point la solennité de son attitude, me mit plus à l'aise. Ce qu'elle me voulait, je ne tenais peut-être pas à le savoir. Je m'étais mis à parler d'abondance, sans doute par peur ou, au contraire, pour la retenir le plus longtemps possible. Sa beauté discrète et calme, ses cheveux noirs coupés au carré, son teint d'une blancheur singulière en cette île dont elle était, me dit-elle, native, et, surtout, sa voix, m'étonnaient ; et elle jouait de mon étonnement, souriant un peu, m'écoutant gravement, ne prononçant que des paroles brèves. De ce que je lui dis, je ne me rappelle plus que de longues considérations – d'ailleurs empruntées à Antoine – sur l'alternance du grotesque et du sublime dans les symphonies de Mahler, qu'elle prétendait ne pas connaître. Sans doute lui ai-je aussi avoué ma haine de ce climat trop chaud de ce ciel sempiternellement bleu, de cette végétation sans mystère ; quant à mon goût des pays de brume et de neige, du silence, de la chasteté, j'en faisais les conditions nécessaires à l'élaboration de mon œuvre. Je fus soudain à court de mots. La femme brune parut se recueillir, comme si elle n'avait attendu que ce moment : « Vous aimeriez sûrement ma maison ; vous y pourriez travailler en paix », dit-elle plus tard, trop tard pour que j'aie pu comprendre ce qu'elle m'offrait et que, confondant trop vite sa demeure et son corps, je semblais par mon silence arrogant refuser, fixant le visage vide d'une fille au fond de la salle, faisant comme si je n'avais rien entendu, ni vu la main qui s'avançait vers la mienne, paume ouverte sur la table, et que je ne saisis pas, peut-être parce que je ne pouvais plus qu'aller au bout de mon désarroi, ou encore pour voir si la femme brune irait jusqu'à saisir la mienne — laissant filer le temps, terré à ce point au plus bourbeux de moi que je ne vis même pas les trois personnages sortir de l'auberge.

XXIX

Je ne quittais plus l'auberge que pour aller dormir sous le figuier. Je ne déplaçais ma chaise qu'aux moments où un rai de soleil, perçant l'épaisse treille, me tombait sur la main ou la joue. Je classais le courrier sur la table, selon un ordre qui me permit bientôt de mettre un nom sur la plupart des visages. De cette tâche Teresa me récompensait par des fruits, des œufs, de la bière ; mais sans doute lui inspirais-je avant tout une sorte de pitié. Parmi ces lettres arrivées de l'Europe tout entière, je guettais en vain une réponse d'Antoine à mes nombreuses missives. Je continuais d'en écrire, bien que je n'eusse plus de quoi les poster. Mes journées restaient rythmées par de longs moments de silence qu'interrompaient les visites de mes jeunes amies, ou encore, quand je n'écrivais pas, des entretiens avec des nouveaux venus à qui l'on me désignait comme l'un des personnages singuliers de San Carlos — sinon comme l'idiot du village. Il y eut ainsi cet étudiant breton qui m'offrit à dîner alors que j'avais à peine desserré les dents et qui n'en redoubla pas moins de gentillesse, jusqu'à me distraire un peu de mon attente et me présenter à ses amis belges.

Je connaissais de vue Madame H. ; cette veuve encore jeune et jolie vivait près de San Carlos, dans une grande ferme restaurée et meublée dans le goût espagnol ancien, en compagnie de ses deux filles et de son gendre. La beauté de Béatrice, la cadette, ne se remarquait pas d'emblée : elle était, en quelque sorte, dissimulée par sa grâce — encore qu'elle possédât cette finesse de traits et cette transparence, calme sous des cheveux d'un blond vénitien, savamment relevés en tresses, que l'on retrouve dans la peinture religieuse flamande. Cette fille du Nord n'avait pas l'exubérance de ses compatriotes, ni même de sa famille ; peut-être était-elle simplement timide, ou bien cherchait-elle avant tout, comme moi, à saisir le pur bruissement de jours sans autres événements que la perpétuation d'une attente à quoi l'on pressentait cependant qu'il faudrait bien mettre fin, ainsi qu'on le fait d'un malentendu.

A la table des H., je dus parler, non pour payer de la sorte mon écot ou satisfaire quelque curiosité (et je savais gré aux H. de n'avoir jamais cherché à m'aborder chez Teresa) mais parce que mes hôtes étaient des gens d'une politesse exquise — de cette politesse qu'Antoine, au plus fort de mes révoltes juvéniles, m'avait appris à n'oublier jamais, comme s'il eût dû y aller de ma vie. A ma gauche, et presque brûlant contre ma joue, je sentais le regard frémissant de Béatrice, vers qui je n'osais guère me tourner. Je parlai de la poésie et des peintres symbolistes belges, ce qui réjouit fort mes hôtes, ainsi que l'étudiant dont les yeux brillaient et qui faisait rire tout le monde par ses propos idéalistes. Je n'étais pourtant qu'un hâbleur sans vergogne : je n'avais jamais lu van Lerberghe ni ses contemporains et ne connaissais guère de Khnopff ou de Degouve de Nuncques que les noms... Je n'avais plus l'habitude de manger autant, ni de trop boire ; mon estomac se soulevait ; j'allai vomir dans le jardin, aidé de l'étudiant et d'Anne, la sœur de Béatrice, qui m'essuya la bouche et m'empêcha en vain d'enterrer mes immondices. Je titubai jusqu'à Madame H., devant qui je m'agenouillai à la manière d'un bouffon russe et que je priai de m'excuser. Elle eut la bonté de rire, de me retenir et de m'offrir de passer la nuit dans un hamac du jardin. Les autres regagnèrent la table ; je m'étendis dans le hamac : le murmure de la conversation m'endormit peu à peu.

XXX

Le lendemain, je ne parus pas à l'auberge. Madame H. et ses filles me gardèrent auprès d'elles. De cette journée je ne revois, souvent tourné vers moi et muet, que le visage radieux de Béatrice. Sans doute étais-je moins amoureux d'elle qu'infiniment troublé par ce que me révélait ce visage : avais-je, de ma vie, regardé vraiment un visage de femme ? Et la beauté que j'avais trouvée à ceux que j'avais frôlés, n'était-elle pas constituée que des seules qualités du corps féminin ? La beauté de Béatrice, on l'eût, ce soir-là, dite émanée de l'intérieur, comme si sa figure, à tout moment, naissait d'un précaire équilibre entre le jour et la nuit, parvenant ainsi à l'innocence vraie. Je n'ai pas la faiblesse de croire qu'elle trouvait dans mon visage pareille innocence ; néanmoins, son sourire et le grand sérieux du regard qu'elle posait sur moi pouvaient me le laisser croire – et je lui étais reconnaissant de cette incertitude.

Le soir ramena l'étudiant, pour un repas auquel,

cette fois, je pus tenir ma place jusqu'au bout. La conversation prit un tour plus grave. Je parlais peu, regardais davantage Béatrice dont les yeux croisaient rarement les miens. Il fut, enfin, question de l'ennui, des divers moyens de le tromper. Tous avançaient des théories vaguement hédonistes. Je me taisais ; on insista pour connaître mon opinion : je n'en avais pas ; je le dis : on ne me crut pas. J'expliquai alors que, pour moi, l'ennui n'existait pas, que je ne croyais qu'à l'attente et à la patience qu'elle suscite, et que j'étais moi-même pris dans le mouvement d'une attente qui me conduisait parfois à des accès de jubilation douloureuse. Ma voix se perdait dans un murmure. On hésitait à me regarder.

— Mais qu'attendez-vous, à la fin !

C'était Béatrice qui avait crié, rouge de colère et, peut-être, en proie à la détresse. Je me levai, incapable de soutenir le bleu de ces yeux devant lesquels je n'étais plus qu'un enfant coupable. L'étudiant trouva bon de rire et de me comparer à je ne sais plus quel lunaire héros de théâtre. Il fut seul à rire. Je n'avais rien à ajouter. Je saluai mes hôtes, me penchai ridiculement sur la main de Madame H., que mon air égaré ne trompa point, et sortis dans la nuit, un peu ivre, ravalant de soudaines larmes. Il me semblait que j'étais perdu, seul au monde, inexplicablement. Je renversai la tête vers le ciel, trouvai dans ce geste un peu d'apaisement. J'entendis des pas précipités ; je n'y prêtai nulle attention, pensant que c'était l'étudiant qui me rattrapait. Béatrice fut bientôt à ma hauteur, et marcha avec moi sans rien dire jusqu'à la route. Je m'arrêtai, la regardai. Elle me dit soudain de m'éloigner vite, me repoussant des deux bras en se cachant le visage. Je continuai à la regarder, étonné, croyant à je ne sais quel subterfuge destiné à m'empêcher de sentir quelque odeur mauvaise de son corps. Elle parut se résigner et murmura qu'il lui fallait me quitter là.

— Nous n'attendons pas la même chose...

Je ne répondis pas tout de suite. Je me mis à pleurer, et dis que je n'en savais rien, que je ne savais plus où j'en étais, que c'était là la raison de mes larmes.

— Ça, je ne veux pas le savoir, dit-elle d'une voix très douce, tout en me prenant par la nuque ; elle approcha son visage du mien, ouvrit des yeux immenses, quasi terrifiés, puis appuya ses lèvres sur les miennes avant de s'en aller en courant.

XXXI

La haine me revint : une haine qui m'offusquait le monde à mesure que le soleil montait, me rendait d'une lucidité sans scrupule et menaçait de faire de moi sa proie. Je ne m'aperçus pas qu'elle n'était qu'un défaut de l'amour – son échec extravagant et triomphal – et que reprenait en moi le contrepoint d'une voix restée longtemps silencieuse. Ce chant, je le crus, pendant quelques heures éblouies, suscité par l'amour de Béatrice, à qui j'eus la faiblesse d'écrire une lettre pleine d'une respectueuse tendresse (je n'imaginais pas qu'on pût s'adresser autrement à cette Vierge de Memling). Il était tôt, et l'auberge à peu près déserte. Ma lettre achevée, glissée dans le courrier, je demeurai longtemps face au rectangle de ciel que découpait l'entrée. Je comprenais peu à peu à qui était dédié ce chant ; s'il ne me délivrait pas encore de l'attente, il était lié à elle, et me disait la nécessité de mon exil à Ibiza. Cette mélopée intérieure avait marqué tous les moments décisifs ou précieux de notre jeune vie ; et l'écoutant, c'était comme la voix obscure de mon frère que je sentais se déployer en moi, avec la mienne, qui lui répondait en un contrepoint où la voix humaine retrouvait son grain silencieux.

Soudain Irina fut devant moi, toute en noir, les cheveux tirés et recouverts d'un chapeau sombre, le visage à la fois fermé et frémissant. Ce que j'avais à apprendre, sa présence me le signifiait assez. Elle s'assit. Ma haine tomba, comme le vent ou comme un vêtement de femme qui se dénude. J'étais reconnaissant à Irina d'être là, de venir mettre fin à l'attente — à ce que je croyais être l'attente, faute qu'elle eût une *fin* véritable, et qui m'avait permis de ne point sombrer. Nous attendîmes longtemps avant de pouvoir parler. Nous nous regardions avidement, puis nous tournions ensemble vers l'entrée, vers la blancheur d'un mur, le gris-vert des oliviers, le bleu cru du ciel. La présence d'Irina effaroucha mes amies qui ne s'approchèrent pas de l'étrange couple que nous formions, tous deux pâles et vêtus de noir, partageant un silence sans fin. Mes premiers mots, je les prononçai d'une voix claire, vers midi, pour savoir comment Antoine était mort. Nul ne pouvait le dire avec certitude : on avait retrouvé son bateau, fracassé sur des récifs, près de Scyros ; il se pouvait aussi qu'Antoine, après avoir attaché l'ancre à ses pieds, se soit laissé glisser vers les profondeurs. Irina me parla de lettres désabusées — les dernières qu'elle eût reçues de lui. J'aimai que, malgré sa douleur, elle admît avec moi la plausibilité de cet acte — duquel je ne pouvais douter et qui m'apportait une sorte de paix qu'Irina m'avoua partager : se rendre à l'inexplicable, à l'effroi de l'irrémédiable, n'était-ce pas, encore, demeurer au plus près d'Antoine ?

XXXII

Il était trop tard pour regagner à pied Santa Eulalia et espérer y trouver une chambre d'hôtel. Irina accepta de dormir chez Gérard, sur une natte, entre Pauline et Margrit. Elle aima ces petites bâtisses blanches et nues, à quoi elle trouvait une fraîcheur de tombeau antique. Je ne parvenais pas à m'endormir. Allongé au milieu de la cour, je contemplais les astres, et pensais à mon frère. Sa mort ne m'étonnait guère, même si je n'avais cessé d'en redouter confusément l'imminence et que ce fût pour cela que j'étais venu dans l'île. La nuit me ramenait lentement dans le temps ; je regagnerais avec l'aube le mouvement des hommes, retrouverais l'éclat du plein jour, me livrerais au tumulte du monde. J'eus la naïveté d'y vouloir échapper ; je me dénudai, soulevai le couvercle en bois de la citerne et me laissai couler dans l'eau noire, une grosse pierre dans chaque main : c'est à peine si je pus m'allonger au fond : malgré moi je remontais à la surface, vers l'orifice laiteux, suffoquant, quasi évanoui.

Le bruit réveilla les trois femmes; elles me tirèrent de l'eau, m'allongèrent près du feu qu'elles ranimèrent. Margrit, agenouillée derrière moi, avait posé ma tête sur ses cuisses et me caressait le visage; Pauline et Irina m'essuyaient le corps; toutes trois murmuraient dans leurs langues natales des paroles que je ne comprenais pas, mais que j'écoutais comme des prières enfantines et graves. Assis sur le pas de leur porte, Gérard et sa compagne nous regardaient sans comprendre; la jeune femme (à qui je devais d'avoir, une seule fois, répandu ma semence dans l'île) chuchota que je ressemblais au Sauveur entouré des Saintes Femmes. Gérard ricana; mais elle, très pieuse, et qui me croyait mort, se signa et se mit à pleurer; ces pleurs me gagnèrent et me sauvèrent, peut-être, en ceci qu'ils me délivrèrent soudain de moi, entraînant de salutaires soubresauts de tout mon corps. Je finis par m'endormir entre les bras des jeunes femmes que l'aube découvrit, toujours murmurantes et graves, à demi nues, autour d'un corps si maigre que les veines affleuraient sur la peau : le simple fait de le toucher, me dirait plus tard Irina, faisait craindre d'y ouvrir des plaies.

XXXIII

Je préférai ne pas quitter l'île en compagnie d'Irina. Quand nous nous séparâmes, le surlendemain, à Ibiza, je me penchai vers elle : elle avança la tête et posa doucement ses lèvres sur les miennes ; je la regardai un instant et lui dis, d'une voix claire (encore que j'eusse été bien en peine de justifier mes mots et que ce ne fût là sans doute qu'une façon maladroite de lui marquer ma reconnaissance) qu'elle pourrait désormais m'aimer. Elle sourit et s'en alla sans un mot. J'ignorais pourquoi je ne l'accompagnais pas : mon temps à Ibiza était révolu. Depuis quelques jours, un étrange personnage était apparu à San Carlos et exerçait sur quelques-uns une réelle fascination. C'était un homme d'environ trente-cinq ans, à qui des joues creuses, des cheveux ras et un regard très clair donnaient un air d'ascète. Jacques prétendait n'être rien : il se montrait tel qu'il était — soit un homme au corps bien fait, lisse et brun ; ses gestes s'accordaient à merveille à ses paroles qui tiraient de leur grande douceur toute leur force : on ne pouvait que l'écouter ou bien quitter le lieu où il se trouvait. Il m'apparaît aujourd'hui tel une sorte de sage, adepte fervent du zen – ce qu'il n'avouait d'ailleurs pas. Il avait appris, de Kitty ou d'une autre (car il régnait à présent sur les esprits et, peut-être, les corps) ce qui m'était arrivé. Je ne songeai pas même à lui résister. Je ne l'admirais pas, mais j'aimais son regard, le ton de sa voix, sa poitrine musclée. Je m'en remis à lui. C'était peut-être pour lui que je n'avais pas accompagné Irina. Nous eûmes des conversations sans fin, loin de l'auberge, sous des arbres, fumant des pipes de kif et buvant de l'eau à une gargoulette de terre. Je n'ai pas gardé mémoire de ses paroles (sinon sur la nécessité de rester chaste ou, en temps de détresse, de posséder une femme différente chaque jour) ; c'était d'ailleurs son but que de se faire oublier lorsqu'il parlait et estimait avoir touché son interlocuteur : il appelait cela « s'abîmer dans l'autre ». Son visage était alors empreint d'une paix que je n'ai retrouvée sur nul autre – et ses gestes d'une incomparable légèreté.

Je devais partir deux jours plus tard. Jacques me dit que je ne pouvais m'en aller ainsi, qu'il y avait en moi encore trop de tumulte ; et il me parla de l'île voisine, Formentera, de ses plages désertes et de son rocher haut : il s'offrit à m'y accompagner pour m'aider à surmonter ce qu'il appelait, mystérieux, les dernières épreuves ; sur mon refus, il me dit qu'au moins je devais me purifier, faire le vide en moi, et passer toute une journée et une nuit, seul, au sommet d'une colline, sans boire ni manger. Ce conseil, ou plutôt cette injonction, m'irrita : j'y voyais une religiosité de pacotille (j'avais pourtant confiance en cet homme pour avoir entre ses mains un livre de Jean de la Croix, dont j'aimais l'œuvre). Je rappelai à Jacques que plusieurs jeunes gens, dans l'île, étaient devenus aveugles à force de s'abîmer au soleil dans de telles contemplations ; il sourit, me rappela qu'il s'agissait de drogués et me demanda de quoi j'avais peur. Je n'avais rien à répliquer. Au sommet de la plus haute colline, assis en tailleur sous un pin, face au soleil dont je suivis le mouvement, je souffris atrocement de la chaleur, me débattis, me trouvai ridicule. Jamais l'idée d'une sagesse ne m'avait parue à ce point dérisoire, et impropre à ma condition. Je mis cependant un point d'honneur à demeurer immobile, les mains reposant paumes ouvertes sur mes genoux, tout le temps indiqué par Jacques, sans même prendre la peine de me lever pour pisser. Peu à peu s'estompa le visage de l'homme, pour laisser place à ceux des femmes que j'avais connues et dans chacun desquels il me semblait retrouver, fugitivement, quelque chose de celui de mon frère. La nuit, alors que mes yeux qui avaient accompagné la disparition lente du soleil derrière les collines me brûlaient et m'empêchaient de rien distinguer, je vis se dessiner en moi, les paupières baissées, les lèvres plissées par un léger sourire, le visage d'Antoine.

XXXIV

Je partis à l'aube, sans rencontrer personne, gagnai Santa Eulalia en traînant à terre ma valise que j'étais à présent trop faible pour porter. La tête me tournait. J'allai attendre le car dans une église : un prêtre y célébrait la première messe pour quelques vieillard aux voix desquels le protestant que je suis mêla sans hésiter des mots de reconnaissance.

A Ibiza, je retrouvai l'étudiant breton, qui revenait de l'aéroport. J'avais oublié que nous voyagerions ensemble et qu'il avait pour cela emprunté à Madame H. de quoi payer son retour à Barcelone. Il s'empara de ma valise, me fit asseoir à une terrasse de café ; nous nous étions trompés de jour : notre avion ne décollerait que le matin suivant. Nous tuâmes le temps, allongés sur les remparts de la citadelle ; mon compagnon ne cessait pas de parler : je lui répondais à peine, m'attachant à cerner les plus infimes détails, le vol des oiseaux, les gestes d'une porteuse d'eau, ou encore ce rat énorme qui grimpa sur nos bagages : l'étudiant lui jeta des pierres ; le rat nous regarda d'un œil haineux : je crois n'avoir jamais vu, dans aucune face humaine, pareille expression de haine. Vers le soir, nous redescendîmes sur le port, où nous tentâmes de tromper notre faim en finissant les assiettes abandonnées par les touristes aux terrasses des restaurants. Puis nous marchâmes en direction de l'aéroport. Un couple de jeunes Allemands nous arrêta pour nous demander le chemin de San Carlos. Nous nous assîmes en rond, à l'écart de la route, parmi des genévriers poussiéreux. La jeune fille était d'une beauté juvénile – soulignée, semblait-il, par l'étrange prénom de Liane ; son compagnon était insignifiant. Liane nous offrit des cigarettes américaines. Je parlai longuement de San Carlos et de l'esprit singulier qui régnait là-bas ; Liane ne me quittait pas des yeux ; elle voulut savoir qui j'étais ; je lui rétorquai sèchement que je n'étais plus rien et lui demandai quelles expériences intérieures elle espérait mener à bien dans l'île ; elle fut si déconcertée qu'elle se leva, prête à me gifler ou à pleurer : ma cruauté n'était pourtant que ma seule façon de lui signifier combien sa beauté m'émouvait. Après un long moment de silence, je me levai et récitai, très lentement, deux ou trois vers de Rilke que m'avait appris Pauline. Liane se rapprocha de moi et me parla en allemand ; je devinai qu'elle me demandait encore – mais comme si elle se fût parlé à elle-même – qui je pouvais bien être. Je me contentai de sourire. En d'autres circonstances, sans doute, j'aurais renoncé à partir et tout fait pour séduire la jeune fille ; mais elle appartenait déjà au monde que je quittais. Quand nous nous séparâmes, je lui dis qu'elle était belle, saisis sa figure entre mes mains et la baisai au front. Elle me rendit mon baiser, sur la bouche, maladroitement. Je crois l'avoir effrayée un peu.

Nous nous allongeâmes près de la piste d'envol. Le vacarme des avions fut, toute la nuit, insupportable, mais je ne me souciais plus de rien. Un peu avant l'aube, je me levai et allai pisser au bord de la piste, regardant sans bouger un gros avion rouler vers moi, tous phares allumés, pour s'envoler. L'étudiant craignait-il que je m'expose davantage ? Il sauta sur moi ; nous roulâmes sur le béton et nous battîmes, sans chercher cependant à nous faire mal, ni à l'emporter, mais seulement tromper une commune exaspération. La haine avait repris sur moi son empire. Elle ne m'a plus quitté ; c'est à présent un sentiment très pur, qui maintient au plus haut la mémoire d'Antoine, et dissipe nostalgie, désir, tristesse.

Je n'ai plus quitté notre demeure. Je vieillis. J'ai aimé, autant que je le pouvais, quelques femmes encore. L'une d'elles, excédée de ce qu'elle prenait pour de l'indifférence alors que c'était à elle que je devenais indifférent, m'a dit qu'Antoine et moi étions, malgré tout, des sortes de jumeaux, et qu'à ce frère mort je continuais de vouer l'unique amour dont je serais jamais capable. Elle ajoutait que je mourrais seul. J'ai cru, sur le moment, à de la jalousie ou à du dépit. Or, elle avait vu juste. Je ne puis vivre sans Antoine. Son souvenir ne me suffit plus, ni le chant qui continue de résonner sourdement en moi. Je ne mettrai pas fin à mes jours. J'attends le moment où les songes m'étreignent. Je dirais bien que j'attends la mort, si ce n'était là une attente sans fin et que la mort — sa propre mort — est précisément ce que l'on ne peut attendre. Mais l'attente des songes me donne une patience qui est, plus que la haine ou la chasteté, mon unique vertu. Mes parents sont si âgés qu'ils confondent les prénoms de leurs enfants. La maison est peuplée de songeurs éveillés, incapables encore de reconnaître dans les nombreux miroirs leur propre éternité. Jour après jour, nuit après nuit, je m'allonge dans la chambre et regarde mon frère incliner sur moi son visage.

Achevé d'imprimer le 16 mars 1989
dans les ateliers de Normandie Impression S.A.
à Alençon (Orne)
N° d'éditeur : 1155
N° d'imprimeur : 890234
Dépôt légal : mars 1989